彩色插图本

陪着孩子读古诗词

谢桂梅 编著

吉林美术出版社 | 全国百佳图书出版单位

图书在版编目（CIP）数据

陪着孩子读古诗词：彩色插图本 / 谢桂梅编著. -- 长春：吉林美术出版社, 2019.4
ISBN 978-7-5575-4497-3

Ⅰ. ①陪… Ⅱ. ①谢… Ⅲ. ①古典诗歌－中国－儿童读物 Ⅳ. ①I222

中国版本图书馆CIP数据核字（2018）第290614号

陪着孩子读古诗词：彩色插图本

编　　著　谢桂梅
出 版 人　赵国强
选题策划　鲍志娇
责任编辑　于丽梅
装帧设计　李劲松
内文排版　李劲松
出　　版　吉林美术出版社
发　　行　吉林美术出版社图书经理部
地　　址　长春市人民大街4646号
邮　　编　130021
电　　话　图书经理部　0431-82003699
网　　址　www.jlmspress.com
印　　刷　大厂回族自治县德诚印务有限公司
版　　次　2019年4月第1版
印　　次　2019年8月第2次印刷
开　　本　880mm × 1230mm　1/32
印　　张　7
印　　数　10 001-15 000册
书　　号　ISBN 978-7-5575-4497-3
定　　价　58.00元

目录

采薇 / 周・《诗经》 1
伐木 / 周・《诗经》 3
江南 / 汉乐府民歌 4
长歌行 / 汉乐府 5
七步诗 / 三国・曹植 6
赠范晔诗 / 南北朝・陆凯 8
别诗 / 南北朝・范云 9
诏问山中何所有，赋诗以答 / 南北朝・陶弘景 10
晚登三山还望京邑 / 南北朝・谢朓 11
咏池上梨花 / 南北朝・王融 13
敕勒歌 / 北朝民歌 14
蝉 / 唐・虞世南 15
咏萤 / 唐・虞世南 16
咏鹅 / 唐・骆宾王 17
风 / 唐・李峤 18
山中 / 唐・王勃 20
渡汉江 / 唐・宋之问 21
登幽州台歌 / 唐・陈子昂 22
咏柳 / 唐・贺知章 23
回乡偶书 / 唐・贺知章 24
蜀道后期 / 唐・张说 26
夜月 / 唐・刘方平 27
登鹳雀楼 / 唐・王之涣 28
凉州词 / 唐・王之涣 29
凉州词 / 唐・王翰 30
宿建德江 / 唐・孟浩然 31
春晓 / 唐・孟浩然 32
芙蓉楼送辛渐 / 唐・王昌龄 34
出塞 / 唐・王昌龄 35
从军行 / 唐・王昌龄 36
九月九日忆山东兄弟 / 唐・王维 38
送元二使安西 / 唐・王维 39
鸟鸣涧 / 唐・王维 40
画 / 唐・王维 41
竹里馆 / 唐・王维 42
鹿柴 / 唐・王维 43
古朗月行 / 唐・李白 44
早发白帝城 / 唐・李白 46
黄鹤楼送孟浩然之广陵 / 唐・李白 47
夜宿山寺 / 唐・李白 48
独坐敬亭山 / 唐・李白 49
望庐山瀑布 / 唐・李白 51
赠汪伦 / 唐・李白 52
静夜思 / 唐・李白 53
登金陵凤凰台 / 唐・李白 54

关山月 / 唐・李白 56
望天门山 / 唐・李白 57
秋浦歌 / 唐・李白 58
别董大 / 唐・高适 59
绝句二首（其一）/ 唐・杜甫 60
绝句 / 唐・杜甫 62
前出塞 / 唐・杜甫 63
江南逢李龟年 / 唐・杜甫 64
江畔独步寻花（其五）/ 唐・杜甫 66
江畔独步寻花（其六）/ 唐・杜甫 67
春夜喜雨 / 唐・杜甫 68
赠花卿 / 唐・杜甫 69
闻官军收河南河北 / 唐・杜甫 70
劝学 / 唐・颜真卿 71
枫桥夜泊 / 唐・张继 72
送灵澈上人 / 唐・刘长卿 74
听弹琴 / 唐・刘长卿 75
逢雪宿芙蓉山主人 / 唐・刘长卿 76
赋新月 / 唐・缪氏子 77
春行即兴 / 唐・李华 78
渔歌子 / 唐・张志和 80
兰溪棹歌 / 唐・戴叔伦 81
城东早春 / 唐・杨巨源 82
滁州西涧 / 唐・韦应物 83
塞下曲 / 唐・卢纶 84
江村即事 / 唐・司空曙 86
游子吟 / 唐・孟郊 87
寒食 / 唐・韩翃 88
秋思 / 唐・张籍 89
早春呈水部张十八员外 / 唐・韩愈 90
晚春 / 唐・韩愈 92
园果 / 唐・王建 93
十五夜望月寄杜郎中 / 唐・王建 94
题都城南庄 / 唐・崔护 96
池上 / 唐・白居易 97
大林寺桃花 / 唐・白居易 98
问刘十九 / 唐・白居易 99
暮江吟 / 唐・白居易 100
忆江南 / 唐・白居易 102
赋得古原草送别 / 唐・白居易 103
江雪 / 唐・柳宗元 104
竹枝词 / 唐・刘禹锡 105
乌衣巷 / 唐・刘禹锡 106
望洞庭 / 唐・刘禹锡 108
悯农 / 唐・李绅 109
小儿垂钓 / 唐・胡令能 110
寻隐者不遇 / 唐・贾岛 112
马诗 / 唐・李贺 113
清明 / 唐・杜牧 114
江南春 / 唐・杜牧 115
秋夕 / 唐・杜牧 116
山行 / 唐・杜牧 117
夜雨寄北 / 唐・李商隐 118
乐游原 / 唐・李商隐 120
嫦娥 / 唐・李商隐 121
商山早行 / 唐・温庭筠 122
咏菊 / 唐・黄巢 123
巴女谣 / 唐・于鹄 124
山亭夏日 / 唐・高骈 125
蜂 / 唐・罗隐 126
天竺寺八月十五日夜桂子 /
唐・皮日休 128
蜻蜓 / 唐・韩偓 129
雨晴 / 唐・王驾 130
未展芭蕉 / 唐・钱珝 132
诗 / 唐・捧剑仆 133
牧童 / 唐・吕岩 134
江上渔者 / 宋・范仲淹 135
淮中晚泊犊头 / 宋・苏舜钦 136
乡思 / 宋・李觏 138

山村咏怀 / 宋・邵雍 139
北山 / 宋・王安石 140
书湖阴先生壁 / 宋・王安石 142
梅花 / 宋・王安石 143
泊船瓜洲 / 宋・王安石 144
元日 / 宋・王安石 145
卜算子・送鲍浩然之浙东 / 宋・王观 146
六月二十七日望湖楼醉书 / 宋・苏轼 148
赠刘景文 / 宋・苏轼 149
饮湖上初晴后雨 / 宋・苏轼 150
题西林壁 / 宋・苏轼 151
花影 / 宋・苏轼 152
海棠 / 宋・苏轼 154
惠崇春江晚景 / 宋・苏轼 155
浣溪沙・游蕲水清泉寺 / 宋・苏轼 156
游园不值 / 宋・叶绍翁 157
行香子 / 宋・秦观 158
春游湖 / 宋・徐俯 159
夏日绝句 / 宋・李清照 160
如梦令 / 宋・李清照 161
如梦令 / 宋・李清照 162
春日 / 宋・晁冲之 164
绝句 / 宋・吴涛 165
忆王孙・春词 / 宋・李重元 166
窗下戏咏 / 宋・陆游 167
示儿 / 宋・陆游 168
秋夜将晓出篱门迎凉有感 / 宋・陆游 170
卜算子・咏梅 / 宋・陆游 171
梅花绝句 / 宋・陆游 172
游山西村 / 宋・陆游 173
四时田园杂兴（其二）/ 宋・范成大 174
闲居初夏午睡起 / 宋・杨万里 176
小池 / 宋・杨万里 177
宿新市徐公店 / 宋・杨万里 178
舟过安仁 / 宋・杨万里 179
晓出净慈寺送林子方 / 宋・杨万里 180
悯农 / 宋・杨万里 182
芗林五十咏・文杏坞 / 宋・杨万里 183
春日 / 宋・朱熹 184
立春偶成 / 宋・张栻 186
西江月・夜行黄沙道中 / 宋・辛弃疾 187
菩萨蛮・书江西造口壁 / 宋・辛弃疾 188
鹧鸪天・代人赋 / 宋・辛弃疾 190
雪梅 / 宋・卢梅坡 191
题临安邸 / 宋・林升 192
江村晚眺 / 宋・戴复古 193
约客 / 宋・赵师秀 194
乡村四月 / 宋・翁卷 196
山行 / 宋・叶茵 197
春思 / 宋・方岳 198
秋日行村路 / 宋・乐雷发 199
绝句 / 宋・志南 200
天净沙・秋 / 元・白朴 201
墨梅 / 元・王冕 202
兰室五咏（其五・花）/ 元・张羽 204
题龙阳县青草湖 / 明・唐珙 205
石灰吟 / 明・于谦 206
舟夜书所见 / 清・查慎行 208
长相思 / 清・纳兰性德 209
竹石 / 清・郑燮 210
苔 / 清・袁枚 211
十二月十五夜 / 清・袁枚 212
所见 / 清・袁枚 214
己亥杂诗（其五）/ 清・龚自珍 215
己亥杂诗 / 清・龚自珍 216
村居 / 清・高鼎 217

采薇（节选）

周·《诗经》

昔我往矣①，
杨柳依依②。
今我来思③，
雨雪霏霏④。

注释：

①昔：从前；往：去从军。
②依依：柳丝轻柔摇曳的样子。
③思：无实意。
④雨yù雪：下雨，作动词用；霏霏fēi：雪花纷落的样子。

译文：

往日我去出征，杨柳依依随风；
如今回来路中，大雪满天纷飞。

伐木（节选）

周·《诗经》

伐木丁丁，鸟鸣嘤嘤①。
出自幽谷，迁于乔木。
嘤其鸣矣，求其友声。

注释：

①丁丁zhēng：砍树声；嘤嘤：鸟叫声。

译文：

砍木声丁丁作响，鸟叫声嘤嘤四起。
小鸟出自深谷，飞往高大的树顶。
小鸟为什么要鸣叫？是为了寻求朋友。

江南

汉乐府民歌

江南可采莲，
莲叶何田田①。
鱼戏莲叶间。
鱼戏莲叶东，
鱼戏莲叶西，
鱼戏莲叶南，
鱼戏莲叶北。

注释：

①何：多么；田田：荷叶茂盛相连的样子。

译文：

江南可以采莲，莲叶茂盛相连。鱼嬉戏在莲叶间。
鱼嬉戏在莲叶的东边，鱼嬉戏在莲叶的西边，鱼嬉戏在莲叶的南边，鱼嬉戏在莲叶的北边。

长歌行

汉乐府

青青园中葵，朝露待日晞①。
阳春布德泽，万物生光辉②。
常恐秋节至，焜黄华叶衰③。
百川东到海，何时复西归④。
少壮不努力，老大徒伤悲⑤。

注释：

①葵：古代一种重要蔬菜；朝露：清晨的露水；晞：天亮，引申为阳光照耀，晒干。
②阳：温和；布：布施，给予；德泽：恩惠。
③焜kūn黄：形容草木凋落枯黄；华huā：同“花”。
④百川：众多河流。
⑤少壮：指青少年时代；老大：指年老；徒：白白地。

译文：

郁郁葱葱的园中葵菜，叶上晨露在阳光下蒸发。
暖春布下希望，万物生长一片繁荣。
常常害怕秋天到来，枯黄了花朵衰败了叶子。
百川向东流到大海，什么时候重新向西返回。
少年时不努力发奋，老了只能白白悔恨。

七步诗

三国 · 曹植

煮豆燃豆萁①，
漉菽以为汁②。
萁在釜下燃，
豆在釜中泣③。
本自同根生，
相煎何太急④？

注释：

①豆萁qí：豆杆，晒干后当柴火烧。
②漉lù：过滤；菽shū：豆类。
③釜fǔ：一种锅。
④煎：煎熬，比喻迫害。

译文：

点燃豆秆煮豆，过滤煮熟豆子的汁。
豆秆在锅下燃烧，豆子在锅里哭泣。
豆秆和豆子本是同一条根上生长出来的，为什么相互煎熬逼迫得这么急呢？

赠范晔诗①

南北朝·陆凯

折花逢驿使②，
寄与陇头人③。
江南无所有，
聊赠一枝春④。

注释：

①范晔：南朝史学家、散文家，与作者陆凯是好朋友。
②驿使：递送官府文书的人。
③陇头人：指身居陇山的范晔。
④聊：姑且；一枝春：指梅花，古人常用梅花象征春天。

译文：

遇见驿使就去折梅花，托他把梅花带给陇山的友人。
江南没有什么可送的，姑且送他一枝梅花报春吧。

别诗

南北朝·范云

洛阳城东西，
长作经时别。
昔去雪如花，
今来花似雪。

译文

从洛阳城一带，长时间地离别。
上次离去时雪落如花，今天再来时花开如雪。

诏问山中何所有，赋诗以答①

南北朝·陶弘景

山中何所有，
岭上多白云。
只可自怡悦②，
不堪持赠君③。

注释：

①诏：皇帝颁发的文书命令。
②怡悦：取悦，喜悦。
③不堪：不能胜任，不足以。

译文：

你（皇帝）问我山中有什么，我说山岭上有很多白云。
只能自己愉悦，不足以把它赠送给你。

晚登三山还望京邑（节选）

南北朝·谢朓

馀霞散成绮①，
澄江静如练②。
喧鸟覆春洲③，
杂英满芳甸④。

注释：

①馀：余，残余，剩下的；绮qǐ：有花纹的丝织品。
②澄：清澈；练：洁白的绸子。
③喧鸟：形容鸟多；杂英：各色的花。
④甸：旷野。

译文：

残余的晚霞散成了彩锦，澄清的江水平静如白色绸缎。
群鸟覆盖了春天的小洲，各种花朵开满芳草连绵的旷野。

咏池上梨花

南北朝·王融

翻阶没细草①，
集水间疏萍②。
芳春照流雪，
深夕映繁星。

注释：

①翻阶：遮没台阶；没：淹没，遮没。
②间：间或。

译文：

细草刚刚遮没台阶，稀疏的浮萍聚在水间。
春光照亮飞雪一样的梨花，深夜好像映照着点点繁星。

敕勒歌

北朝民歌

敕勒川①，
阴山下②。
天似穹庐③，
笼盖四野。
天苍苍，
野茫茫，
风吹草低见牛羊④。

注释：

①敕勒chì lè：敕勒人，北齐时聚居在今山西北部；川：平川，平原。
②阴山：在今内蒙古自治区北。
③穹庐qióng lú：指蒙古包。
④见xiàn：同“现”，显现，显露。

译文：

敕勒大平原，在阴山脚下。天像巨大的帐篷，笼盖整个原野。
天空青苍，四野深阔，风吹过时，牧草低伏，露出群群牛羊。

蝉

唐·虞世南

垂緌饮清露①，
流响出梧桐②。
居高声自远，
非是藉秋风③。

注释：

①垂緌ruí：蝉伸出的触须好像下垂的缨络，也指蝉的细嘴。
②流响：发出很长的鸣响；疏桐：高大的梧桐。
③藉jiè：凭借、依赖。

译文：

蝉低垂触须喝清澈的露水，鸣声传出很远，回荡在梧桐间。
栖息在高枝上，声音自然传得远，并不是借助了秋风的传送。

咏萤

唐·虞世南

的历流光小①，
飘飖弱翅轻。
恐畏无人识②，
独自暗中明。

注释：

①的历dí lì：小光点，灵巧微弱的样子；流光：流动闪烁的光。
②畏：怕。

译文：

小巧的身躯流光微弱，飘摇的弱小翅膀轻轻扇动。
恐怕没有人赏识自己，独自在暗中发出光明。

咏鹅

唐·骆宾王

鹅，鹅，鹅，
曲项向天歌①。
白毛浮绿水，
红掌拨清波②。

注释：

①曲项：弯着脖子；歌：长鸣。
②拨：划动。

译文：

鹅鹅鹅——一群鹅弯着脖子向天歌唱。
白色羽毛浮在绿水上，红色脚掌划着清波。

风

唐·李峤

解落三秋叶①，
能开二月花②。
过江千尺浪，
入竹万竿斜③。

注释：

①解：化解，吹除；三秋：秋季。
②二月：指春天。
③斜xiá：倾斜，歪斜。

译文：

能吹落秋天的树叶，能催开春天的花朵。
经过江面能掀起千尺巨浪，进入竹林能使万竿竹子倾斜。

畫於西陵橋

山中

唐·王勃

长江悲已滞①，
万里念将归②。
况属高风晚③，
山山黄叶飞。

注释：

①滞zhì：滞留，淹留。
②万里：形容归程很长；念将归：想要回家。
③况属：何况是……何况正当……；高风：山风。

译文：

长江好像悲伤得停滞了；故乡在万里之外，我时时念着回归。何况山风已经劲吹，满山都是凋落的枯黄秋叶在飞。

渡汉江①

唐·宋之问

岭外音书断②，
经冬复历春。
近乡情更怯，
不敢问来人③。

注释：

①汉江：汉水，长江最大支流。
②岭外：岭南，唐代时作为流放地；书：信。
③来人：从家乡方向来的人。

译文：

流放岭南与亲人音信断绝，熬过冬天又经历一个春天。
越走近故乡心里就更胆怯，不敢打听从家那边过来的人。

登幽州台歌①

唐·陈子昂

前不见古人②，
后不见来者③。
念天地之悠悠④，
独怆然而涕下⑤。

注释：

①幽州：现今北京；幽州台：在今北京大兴一带。
②前：过去；古人：过去的贤明君主。
③后：未来；来者：后世的贤明君主。
④念：想到。
⑤怆chuàng然：悲伤凄恻的样子；涕：指眼泪。

译文：

向前看不见古代的贤君，向后望不见现在的明主。
想到天地无穷无尽，独自凄凉而涕泪交流。

咏柳

唐 · 贺知章

碧玉妆成一树高①，
万条垂下绿丝绦②。
不知细叶谁裁出，
二月春风似剪刀。

注释：

①碧玉：碧绿色的玉，诗中是比喻初春的柳叶；妆：打扮；一树：满树。
②万条：形容很多条；绦tāo：丝带，诗中是指柳条像丝带一样。

译文：

碧玉一样的柳叶长了满树，许多枝条垂下来就像绿色的丝带。
不知这细细嫩叶是谁裁剪出来的，二月的春风就像一把剪刀。

回乡偶书①

唐·贺知章

少小离家老大回，
乡音无改鬓毛衰②。
儿童相见不相识③，
笑问客从何处来。

注释：

①偶书：偶然写的诗；老大：年纪大了。
②乡音：家乡的口音；无改：没有改变；鬓毛衰cuī：须发疏落、减少。
③相见：看见我；不相识：不认识我。

译文：

年少时离开家乡，老年时才回来。乡音没有改变，鬓边毛发却稀少了。孩子们看到我都不认识，笑着问我从哪里来。

蜀道后期①

唐·张说

客心争日月②，
来往预期程③。
秋风不相待④，
先至洛阳城。

注释：

①蜀道：四川；后期：落后于预定的归期，指未能按时返家。
②客心：客居他乡的心情；争日月：同时间竞争。
③预期程：预先安排好日期和行程。
④不相待：不肯等待。

译文：

客居他乡想争取时间快点回家，来来往往预先安排好回家的日期和行程。秋风竟然不肯等我，抢先回到了我的家乡洛阳城。

夜月

唐·刘方平

更深月色半人家①，
北斗阑干南斗斜②。
今夜偏知春气暖③，
虫声新透绿窗纱④。

注释：

①更深：夜深；月色半人家：月光只照亮房屋的一半。
②阑干：横斜的样子。
③偏知：才知，表示出乎意料。
④新：初；新透：第一次透过。

译文：

夜深了，月光斜照半边人家；北斗横斜，南斗倾斜。
今夜才知道春意的温暖，虫鸣刚刚透进了绿色窗纱。

登鹳雀楼

唐·王之涣

白日依山尽①，
黄河入海流。
欲穷千里目②，
更上一层楼。

注释：

①白日：太阳；尽：消失。
②欲：想要；穷：尽，使达到极点；千里目：眼界宽广、深远。

译文：

太阳依着山沉落，黄河向着大海流去。
想要遍览千里风光，就得再上一层高楼。

凉州词①

唐·王之涣

黄河远上白云间②，
一片孤城万仞山③。
羌笛何须怨杨柳④，
春风不度玉门关⑤。

注释：

①凉州：在今甘肃武威境内。
②远上：远去。
③孤城：孤零零的边陲城池；仞：古代长度单位，一仞相当于七尺或八尺。
④羌笛：古代西域乐器；何须：何必；杨柳：《折杨柳》曲。
⑤度：吹到过；玉门关：古代通往西域的要道。

译文：

黄河远去，好像奔流到了白云间；一片孤城耸立在万仞高山间。
羌笛吹奏杨柳曲哀怨春天迟迟不来，春风本来就吹不到玉门关啊。

凉州词

唐·王翰

葡萄美酒夜光杯①，
欲饮琵琶马上催②。
醉卧沙场君莫笑③，
古来征战几人回？

注释：

①夜光杯：华贵精美的酒杯。
②欲：想要；琵琶：指出征时的号角。
③沙场：战场；君：你。

译文：

葡萄美酒盛在夜光杯中，刚要喝时出征的琵琶已经催促上马了。
醉倒在战场上你不要笑，自古出征作战有几人能回（表达没打算活着回来的豪情）？

宿建德江①

唐·孟浩然

移舟泊烟渚②，
日暮客愁新③。
野旷天低树④，
江清月近人⑤。

注释：

①建德江：在今浙江一带。
②移舟：划动小船；烟渚zhǔ：江中雾气笼罩的小沙洲。
③客：指作者自己。
④旷：空阔远大；天低树：天幕低垂，像和树木相连。
⑤月近人：月亮倒映水中，靠近了人。

译文：

小船停在烟雾迷蒙的小洲，傍晚时我心中涌起思乡新愁。
旷野远天好像比树还低，清清江水中明月来和人亲近。

春晓

唐・孟浩然

春眠不觉晓①，
处处闻啼鸟②。
夜来风雨声，
花落知多少③。

注释：

①不觉晓：不知不觉天就亮了。晓，早晨，天刚亮的时候。
②闻：听见；啼鸟：鸟啼，鸟的啼叫声。
③知多少：不知有多少。知，表示推想。

译文：

春睡醒来不觉天已亮了，到处听见鸟叫声。
回想昨夜的风雨声，不知吹落了多少花朵。

芙蓉楼送辛渐①

唐·王昌龄

寒雨连江夜入吴②，
平明送客楚山孤③。
洛阳亲友如相问，
一片冰心在玉壶④。

注释：

①芙蓉楼：在今江苏镇江一带；辛渐：王昌龄的朋友。
②连江：雨水与江面连成一片；吴：镇江一带为三国时吴国所属。
③平明：天亮时；客：指辛渐。
④冰心：纯洁的心；玉壶：比喻清白的操守。

译文：

冷雨洒满江天，夜晚来到吴地；天亮时送走好友，只留下楚山的孤影。洛阳的亲友如果问我，请转告他们，我的心依然像玉壶里的冰一样纯洁。

出塞

唐·王昌龄

秦时明月汉时关，
万里长征人未还。
但使龙城飞将在①，
不教胡马度阴山②。

注释：

①但使：只要；龙城飞将：指西汉大将李广。
②不教：不叫，不让；胡马：侵扰边界的外族骑兵；度：越过；阴山：昆仑山北支。

译文：

秦代时明月就照耀边塞，汉代时将士就守卫边关；远征万里的人未能回来。只要有李广那样的飞将驻守，就不会让外敌骑兵越过阴山入侵。

从军行

唐·王昌龄

青海长云暗雪山①，
孤城遥望玉门关②。
黄沙百战穿金甲，
不破楼兰终不还③。

注释：

①青海：青海湖；长云：层层浓云；雪山：祁连山。
②孤城：玉门关。
③楼兰：汉代时西域一国名，即鄯shàn善国，在今新疆境内。

译文：

青海湖上的云雾遮暗了大雪覆盖的祁连山，边塞孤城远远地凝望玉门关。黄沙万里，数不清的战斗磨穿了守边将士的铠甲，不攻破楼兰绝不归家。

九月九日忆山东兄弟①

唐·王维

独在异乡为异客②，
每逢佳节倍思亲。
遥知兄弟登高处，
遍插茱萸少一人③。

注释：

①九月九日：重阳节；忆：想念。
②异乡：他乡，外乡；异客：做客他乡的人。
③茱萸zhū yú：一种香草。古人认为重阳节插戴茱萸可以避灾去邪。

译文：

独自离家在外客居他乡，每逢佳节都格外思念亲人。
遥想兄弟们今日登高望远，头上插戴茱萸只少我一个。

送元二使安西

唐·王维

渭城朝雨浥轻尘①，
客舍青青柳色新②。
劝君更尽一杯酒③，
西出阳关无故人④。

注释：

①渭城：秦代咸阳城，在今陕西西安一带；朝雨：早晨下的雨；浥yì：润湿。
②客舍：驿馆，旅馆。
③更尽：再喝干，再喝完。
④阳关：古代通往西域的要道，在今甘肃敦煌一带；故人：老朋友。

译文：

渭城的朝雨沾湿了轻尘，客店的青柳很清新。
请你喝完这杯酒吧，西出阳关后再也没有老友了。

鸟鸣涧①

唐·王维

人闲桂花落②，
夜静春山空③。
月出惊山鸟，
时鸣春涧中④。

注释：

①鸟鸣涧：鸟在山涧中鸣叫。
②闲：安静，悠闲。
③空：空寂，空荡，空虚，形容山中寂静。
④时鸣：偶尔（时而）鸣叫。

译文：

人很安闲，桂花无声飘落；黑夜静谧，春日的山谷空寂。明月升起，月光惊动栖息的鸟，不时鸣叫在春天的溪涧。

画

唐·王维

远看山有色①，
近听水无声。
春去花还在，
人来鸟不惊②。

注释：

①色：颜色，景色。
②惊：吃惊，害怕。

译文：

远处能看见山的青色，近处却听不到水的流声。
春天过去花朵还没落，人走近来鸟也没受惊动。

竹里馆①

唐·王维

独坐幽篁里②，
弹琴复长啸③。
深林人不知，
明月来相照。

注释：

①竹里馆：王维的辋wǎng川别墅的一处景观，周围有竹林。
②幽篁huáng：幽深的竹林。
③啸xiào：类似于吹口哨。

译文：

独自坐在幽深的竹林，一边弹琴一边高歌长啸。
竹林很深无人知道我，只有明月来静静照耀。

鹿柴①

唐·王维

空山不见人，
但闻人语响②。
返景入深林③，
复照青苔上④。

注释：

①鹿柴zhài：王维的辋川别墅的一个景观。柴，木栅栏。
②但：只。
③返景yǐng：返影，指夕阳反射的光。
④复：又。

译文：

空寂的山中不见人影，只听得到人的说话声。
夕阳的反光射入深林，又照在青苔上。

古朗月行

唐·李白

小时不识月，
呼作白玉盘①。
又疑瑶台镜②，
飞在碧云端。

注释：

①呼作：称为；白玉盘：白玉做的盘子。
②瑶台：传说中神仙居住的地方。

译文：

小时候不认识月亮，将它称为白玉盘。
又怀疑是瑶台仙人的镜子，飞到了天上。

早发白帝城①

唐 · 李白

朝辞白帝彩云间②，
千里江陵一日还③。
两岸猿声啼不住，
轻舟已过万重山④。

注释：

①发：启程；白帝城：在今重庆白帝山上。
②朝：早晨；辞：告别；彩云间：形容白帝城高耸入云。
③江陵：今湖北荆州；还：归、返回。
④万重山：层层叠叠的山，形容很多山。

译文：

清晨告别云朵缭绕的白帝城，千里外的江陵一日就能到达。两岸的猿猴啼声不停，轻快的船只已经驶过很多山。

黄鹤楼送孟浩然之广陵①

唐·李白

故人西辞黄鹤楼②，
烟花三月下扬州③。
孤帆远影碧空尽，
唯见长江天际流④。

注释：

①黄鹤楼：在今湖北武汉境内；之：往，到达；广陵：扬州。
②故人：老朋友，指孟浩然；辞：告别。
③烟花：形容柳絮如烟如花；下：顺流下行。
④唯见：只看见；天际：天边，天尽头。

译文：

朋友在黄鹤楼辞别了我，柳絮纷飞的三月他要西下扬州。
帆船的影子消失在碧空的尽头，只看见长江在天边奔流。

夜宿山寺①

唐·李白

危楼高百尺②，
手可摘星辰。
不敢高声语，
恐惊天上人。

注释：

①宿：住，过夜。
②危楼：高楼，诗中指山顶的寺庙；百尺：虚指，形容楼很高。

译文：

山上的寺院高有百尺，人一伸手好像就能摘下星星。
我不敢大声说话，唯恐惊动了天上的神仙。

独坐敬亭山①

唐·李白

众鸟高飞尽②，
孤云独去闲③。
相看两不厌④，
只有敬亭山。

注释：

①敬亭山：在今安徽宣城。
②尽：没有了。
③闲：形容云飘来飘去的样子。
④两不厌：指李白和敬亭山都不厌烦。厌，满足。

译文：

群鸟都高高地飞走了，孤云独自闲来闲去。
互相看着都不厌烦的，只有我和敬亭山了。

望庐山瀑布

唐·李白

日照香炉生紫烟①，
遥看瀑布挂前川②。
飞流直下三千尺③，
疑是银河落九天④。

注释：

①香炉：香炉峰；紫烟：日光透过云雾显现出的紫色烟云。
②川：河流，这里指瀑布。
③三千尺：形容山高，这是夸张的说法。
④九天：形容天高，表现瀑布的落差很大。

译文：

太阳照耀香炉峰生出紫色云烟，远远望去瀑布就像长河挂在山前。水流飞奔直下好像三千尺长，令人怀疑是银河从九天落了下来。

赠汪伦①

唐·李白

李白乘舟将欲行，
忽闻岸上踏歌声②。
桃花潭水深千尺③，
不及汪伦送我情④。

注释：

①汪伦：李白的朋友。
②踏歌：唐代时民间流行的手拉手、两脚踏地的歌舞，边走边唱。
③桃花潭：在今安徽泾县一带。
④不及：不如。

译文：

李白坐船将要远行，忽然听到岸上传来踏歌的声音。
桃花潭水深到千尺，也比不上汪伦送我的深深情义。

静夜思①

唐·李白

床前明月光，
疑是地上霜②。
举头望明月③，
低头思故乡。

注释：

①静夜思：安静的夜晚产生的思绪。
②疑：好像。
③举头：抬头。

译文：

窗前洒满明亮的月光，好像地上泛起了白霜。
我抬头仰望明月，低头又思念遥远的家乡。

登金陵凤凰台（节选）①

唐·李白

三山半落青天外②，
二水中分白鹭洲。
总为浮云能蔽日③，
长安不见使人愁④。

注释：

①凤凰台：在南京凤凰山上。
②三山：山名。
③浮云蔽日：比喻奸臣当道，遮蔽贤臣；浮云：比喻奸邪之人；日：双关语，也象征皇帝。
④长安：指朝廷和皇帝。

译文：

三山隐现云雾中，好像一半落在青天外；江水被白鹭洲分成了两半。
总是因为浮云能遮挡太阳，望不见长安让人心中忧愁。

关山月（节选）

唐·李白

明月出天山①，
苍茫云海间。
长风几万里，
吹度玉门关②。

注释：

①天山：祁连山，在今甘肃、新疆之间。
②玉门关：通向西域的交通要道。

译文：

明月升出了天山，穿行在苍茫云海间。
长风吹越几万里，吹过将士们驻守的玉门关。

望天门山①

唐·李白

天门中断楚江开②，
碧水东流至此回③。
两岸青山相对出，
孤帆一片日边来④。

注释：

①天门山：在今安徽境内。
②中断：江水从中间隔断两山；楚江：长江流过战国时楚国的一段；开：劈开，断开。
③至此：到此，在此；回：回漩，回转，暗示江流更加汹涌。
④日边来：指远望时，孤舟好像来自日边。

译文：

楚江使天门山中间隔断；碧水向东奔流，到这里折回来。
两岸青山隔着长江相对出现，一只孤独的船好像从日边驶过来。

秋浦歌①

唐·李白

炉火照天地，
红星乱紫烟。
赧郎明月夜②，
歌曲动寒川。

注释：

①秋浦pǔ：秋天的水边。

②赧郎：赧的本意是因为羞愧而脸红，赧郎是李白新创的词，指辛勤工作的人。

译文：

炉火映照天空和大地，缭乱的红色火星中冒着紫烟。
冶炼者在明月夜里边干活边歌唱，歌声响彻寒冷的山川。

别董大①

唐·高适

千里黄云白日曛②，
北风吹雁雪纷纷。
莫愁前路无知己，
天下谁人不识君③？

注释：

①董大：董庭兰，唐代著名音乐家，因为在家中是老大，被称为“董大”。
②白日曛xūn：太阳黯淡无光。曛，曛黄。
③谁人：哪个人；君：你，指董大。

译文：

千里黄云遮得太阳昏暗，北风吹着大雁大雪纷纷。
不要担心前方没有知己，天下哪个人不认识你呢？

绝句二首（其一）

唐·杜甫

迟日江山丽①，
春风花草香。
泥融飞燕子②，
沙暖睡鸳鸯。

注释：

①迟日：春天白日慢慢变长，称为迟日。
②泥融：泥土得到春雨滋润。

译文：

春日山水秀丽，春风送来花草芳香。
燕子衔着湿泥筑巢，暖沙上睡着鸳鸯。

绝句

唐·杜甫

两个黄鹂鸣翠柳，
一行白鹭上青天①。
窗含西岭千秋雪②，
门泊东吴万里船③。

注释：

①一行háng：一队，一列。
②西岭：成都西南的岷山；千秋雪：岷山上的雪常年不化，故称千秋雪。
③东吴：长江下游一带。

译文：

两只黄鹂在柳枝上鸣叫，一行白鹭飞上碧天。
西岭的千年雪嵌在窗框里，东吴的万里船停在门前。

前出塞

唐·杜甫

挽弓当挽强，
用箭当用长。
射人先射马，
擒贼先擒王①。

注释：

①擒：捉。

译文：

拉弓应当拉强弓，用箭应当用长箭。
射人时先要射马，擒贼时先要擒首领。

江南逢李龟年①

唐·杜甫

岐王宅里寻常见②，
崔九堂前几度闻③。
正是江南好风景，
落花时节又逢君④。

注释：

①江南逢李龟年：安史之乱爆发后，著名宫廷乐师李龟年流落江南，与杜甫相遇。

②岐qí王：唐玄宗的弟弟，安史之乱前，经常请李龟年演奏；寻常：经常。

③崔九：曾任殿中监，安史之乱前，经常请李龟年演奏。

④落花时节：暮春，也指人生飘零，社会凋弊丧乱；君：指李龟年。

译文：

岐王府里经常见到你，崔九堂前多次听你的音乐。
现在正是江南好风光，在这落花时节又遇到你。

江畔独步寻花(其五)

唐·杜甫

黄师塔前江水东①，
春光懒困倚微风②。
桃花一簇开无主③，
可爱深红爱浅红。

注释：

①黄师塔：和尚所葬之塔。
②懒困：慵懒困倦。
③无主：指无人照管，无人欣赏。

译文：

黄师塔前江水东去；沐浴春风中，春光让人慵懒困倦。
一簇无人照管的桃花开得正盛，是该爱那深红还是浅红？

江畔独步寻花（其六）①

唐·杜甫

黄四娘家花满蹊②，
千朵万朵压枝低。
留连戏蝶时时舞③，
自在娇莺恰恰啼④。

注释：

①江畔pàn：江边。
②黄四娘：杜甫住在成都草堂时的邻居；蹊xī：小路。
③留连：留恋，舍不得离去。
④娇：可爱的样子；恰恰：形容鸟叫声动听。

译文：

黄四娘家的花朵遮满了小路，千万朵花压得枝条低低的。
留恋花朵的蝴蝶时时飞舞，自在可爱的黄莺恰恰欢叫。

春夜喜雨

唐·杜甫

好雨知时节，当春乃发生①。
随风潜入夜，润物细无声②。
野径云俱黑，江船火独明③。
晓看红湿处，花重锦官城④。

注释：

①知：知道，明白，拟人的写法；乃：就；发生：萌发生长。
②潜：暗暗地，悄悄地；润物：滋养万物。
③野径：野地间的小路；俱：都。
④晓：天刚亮；红湿处：雨水打湿的花丛；花重zhòng：花朵因为饱含雨水而显得沉重；锦官城：在今成都境内。

译文：

好雨明白节气，一到春天就降临了。
随着风悄悄进入黑夜，滋润万物悄细无声。
野地小路上空的云都是黑的，江上船只的烛火独自明亮。
早晨再看被雨打湿的花丛，整个锦官城的花朵都是湿甸甸的。

赠花卿①

唐·杜甫

锦城丝管日纷纷②，
半入江风半入云。
此曲只应天上有③，
人间能得几回闻。

注释：

①花卿：唐朝武将花敬定；卿，指对地位辈分较低的人的客气称呼。
②锦城：成都；丝管：泛指音乐。
③天上：双关语，也指皇宫。

译文：

锦城的音乐日日悠扬，一半飘入风中一半飘入云间。
这样美妙的音乐只应神仙享用，人间的百姓能听到几回呢。

闻官军收河南河北①

唐·杜甫

剑外忽传收蓟北，初闻涕泪满衣裳②。
却看妻子愁何在，漫卷诗书喜欲狂③。
白日放歌须纵酒，青春作伴好还乡④。
即从巴峡穿巫峡，便下襄阳向洛阳⑤。

注释：

①闻：听说；官军：唐朝军队。
②剑外：剑门关以南，诗中指四川；蓟jì北：在今河北北部；涕tì：眼泪。
③却看：回头看；妻子：妻子和孩子；卷juǎn：胡乱地卷起。
④须：应当；纵酒：开怀畅饮；青春：明丽的春景。
⑤便：就。

译文：

剑门外忽然传来收复蓟北的消息，刚一听说泪水就洒满衣衫。
回头看妻儿愁云不知哪里去了，胡乱收拾诗书欣喜若狂。
日光照耀放声高歌畅饮美酒，明丽的春光伴我返回故乡。
马上从巴峡穿过巫峡，下了襄阳后就直向洛阳了。

劝学

唐·颜真卿

三更灯火五更鸡①，
正是男儿读书时。
黑发不知勤学早②，
白首方悔读书迟③。

注释：

①更：古代一夜分五更，每更为两小时，三更指午夜11点到1点。
②黑发：指少年。
③白首：指老年；方：才。

译文：

三更半夜到五更鸡叫时，正是少年读书的好时候。
年少时不知道勤奋学习，老了才后悔读书就晚了。

枫桥夜泊①

唐·张继

月落乌啼霜满天②，
江枫渔火对愁眠③。
姑苏城外寒山寺④，
夜半钟声到客船。

注释：

①枫桥：在今苏州境内；夜泊：夜间把船靠岸。
②乌啼：乌鸦啼鸣。
③对愁眠：江枫和渔火伴着哀愁睡觉，拟人的手法。
④姑苏：苏州的别称。

译文：

月亮落下乌鸦啼叫霜气满天，江边枫树和船上渔火相对着忧愁而睡。姑苏城外的寒山古寺，半夜里的敲钟声传到了客船。

送灵澈上人①

唐·刘长卿

苍苍竹林寺②，
杳杳钟声晚③。
荷笠带斜阳④，
青山独归远。

注释：

①灵澈chè上人：唐代著名僧人，上人是对僧人的敬称。
②苍苍：深青色。
③杳杳yǎo：深远的样子。
④荷hè：背着。

译文：

苍翠丛林掩映竹林寺，远远传来傍晚的钟声。
背着斗笠在夕阳下，独自沿着青山走向远方。

听弹琴

唐·刘长卿

泠泠七弦上①，
静听松风寒②。
古调虽自爱，
今人多不弹。

注释：

①泠泠líng：清幽，清冷，形容琴声清越。
②松风：用风入松林暗示琴声凄凉；寒：凄清的意思。

译文：

清幽的七弦琴上，静静倾听风入松林的凄寒。
古调虽然是我喜爱的，但今天的人已经大多不弹了。

逢雪宿芙蓉山主人①

唐·刘长卿

日暮苍山远，
天寒白屋贫②。
柴门闻犬吠，
风雪夜归人。

注释：

①逢：遇上；宿：投宿、借宿；芙蓉山主人：芙蓉山收留诗人借宿的农家。
②白屋：没有修饰的简陋茅草屋，指贫苦人家。

译文：

暮色显得苍山辽远，天寒显得茅屋更加穷困。
柴门外听到狗叫声，是风雪中主人回家来了。

赋新月①

唐·缪氏子②

初月如弓未上弦③，
分明挂在碧霄边。
时人莫道蛾眉小④，
三五团圆照满天⑤。

注释：

①赋新月：描写、歌咏新月。
②缪miào氏子：姓缪的唐朝孩子。
③未上弦：新月还没有到半圆。
④蛾眉：指新月弯如美女的细眉。
⑤三五团圆：指阴历十五晚上最圆的月亮。

译文：

新月像弯弓还没有到半圆，却分分明明地挂在天边。
人们不要说它像眉毛那样小，等到十五夜里它就会圆满、光照天下。

春行即兴

唐·李华

宜阳城下草萋萋①，
涧水东流复向西。
芳树无人花自落，
春山一路鸟空啼。

注释：

①宜阳：今河南境内；萋萋：草繁茂的样子。

译文：

宜阳城下春草茂盛，涧水东流又回转向西。
花木无人欣赏，花朵兀自凋落；山中一路行来只听得到鸟叫声。

渔歌子

唐·张志和

西塞山前白鹭飞①，
桃花流水鳜鱼肥②。
青箬笠，绿蓑衣③，
斜风细雨不须归。

注释：

①西塞山：在今浙江湖州境内。
②桃花流水：桃花盛开时，正是春汛水涨，也叫桃花水。
③箬笠ruò lì：用竹和箬叶编的斗笠；蓑suō衣：用草或棕麻编的雨衣。

译文：

西塞山前白鹭飞翔，桃花流水中鳜鱼肥美。
渔翁戴青色箬笠，披绿色蓑衣，在斜风细雨中不急着回家。

兰溪棹歌①

唐·戴叔伦

凉月如眉挂柳湾②，
越中山色镜中看③。
兰溪三日桃花雨，
半夜鲤鱼来上滩。

注释：

①兰溪：在今浙江境内；棹zhào歌：船家摇橹时唱的歌。
②凉月：新月。
③越：今浙江中部；桃花雨：桃花盛开时下的雨。

译文：

新月像细眉一样挂在柳湾上空，越中山色倒映在水平如镜的溪水上。兰溪下了三日桃花雨，半夜时分鲤鱼随着涨起的春水涌上浅滩。

城东早春①

唐·杨巨源

诗家清景在新春②，
绿柳才黄半未匀③。
若待上林花似锦④，
出门俱是看花人⑤。

注释：

①城：指唐代京城长安。
②诗家：诗人的统称；清景：清丽的景色；新春：早春。
③才黄：刚露出嫩黄的柳眼；匀：均匀，匀称。
④上林：指唐代京城长安；锦：五色绸绫。
⑤俱：全，都。

译文：

诗人喜爱早春的清丽之景，绿柳枝上才绽出不均匀的鹅黄色。如果到了京城花朵盛开之时，出门都是赏花的人。

滁州西涧①

唐·韦应物

独怜幽草涧边生②，
上有黄鹂深树鸣③。
春潮带雨晚来急④，
野渡无人舟自横⑤。

注释：

①滁chú州：在今安徽滁州；西涧：滁州上马河。
②独怜：唯独喜欢。
③深树：枝叶茂密的树。
④春潮：春天的潮汐。
⑤野渡：野外的渡口；横：指任意飘浮。

译文：

喜爱生长在涧边的幽草，茂密树枝上有黄鹂鸣叫。
春潮夹带着晚雨十分湍急，渡口无人小船自己摇摆。

塞下曲①

唐·卢纶

月黑雁飞高②，
单于夜遁逃③。
欲将轻骑逐④，
大雪满弓刀。

注释：

①塞下曲：边塞的一种军歌。
②月黑：没有月光。
③单于chán yú：匈奴的首领，入侵者的统帅；遁dùn：逃走。
④轻骑：轻装快速的骑兵。

译文：

月色昏暗，大雁惊叫高飞；匈奴单于要趁夜逃走。
将军要率轻骑兵追杀，漫天大雪落满了弓和刀。

江村即事①

唐·司空曙

钓罢归来不系船②，
江村月落正堪眠③。
纵然一夜风吹去④，
只在芦花浅水边。

注释：

①即事：以当前事物为题材作的诗。
②罢：完了。
③正堪眠：正是睡觉的好时候；堪：可以，能够。
④纵然：即使。

译文：

垂钓归来没有系船，江村月落正好是睡眠的时候。
即使一夜过后风把小船吹走，也只不过停在芦苇浅水处。

游子吟

唐·孟郊

慈母手中线，游子身上衣①。
临行密密缝，意恐迟迟归②。
谁言寸草心，报得三春晖③。

注释：

①游子：离家远游的人。
②临：将要；意恐：担心。
③寸草：小草，比喻子女；心：双关语，既指草木茎干，也指子女的心意；三春晖：春天灿烂的阳光，指慈母恩情。晖，阳光。

译文：

慈母手中拿着针线，为远行的儿子缝制衣衫。
临行前密密地缝缀，担心儿子回来晚衣服破损。
谁能说子女那像小草一样的孝心，能报答春光一样的慈母恩情呢。

寒食

唐·韩翃hóng

春城无处不飞花①，
寒食东风御柳斜②。
日暮汉宫传蜡烛③，
轻烟散入五侯家④。

注释：

①春城：暮春时的京城长安。
②寒食：指寒食节；御柳：皇城中的柳树。
③汉宫：指唐朝皇宫；传蜡烛，寒食节这天禁火，但权贵可得到皇帝恩赐的燃烛。
④五侯：指权贵。

译文：

暮春时的长安城处处飞着柳絮落花，寒食节的东风吹斜了皇家御苑的柳枝。傍晚时宫中忙着传送蜡烛，袅袅轻烟散入权贵之家。

秋思

唐·张籍

洛阳城里见秋风，
欲作家书意万重①。
复恐匆匆说不尽，
行人临发又开封②。

注释：

①意万重：形容思绪万千。
②行人：指送信的人。

译文：

洛阳城里吹起了秋风，想写家信思绪万端。
恐怕匆忙中写得不周全，送信人刚要走我又把信拆开。

早春呈水部张十八员外①

唐·韩愈

天街小雨润如酥②，
草色遥看近却无。
最是一年春好处③，
绝胜烟柳满皇都④。

注释：

①呈：恭敬地送给；水部张十八员外：张籍，唐代诗人。
②天街：京城街道；润如酥：细腻如酥油，形容春雨细润。
③最是：正是；处：时。
④绝胜：远远胜过；皇都：指长安。

译文：

京城大街上小雨细润如酥油，草色远远看得见，近看却没了。正是一年中春季最好的时候，远胜过绿柳满城的景象。

晚春

唐·韩愈

草树知春不久归①，
百般红紫斗芳菲②。
杨花榆荚无才思③，
唯解漫天作雪飞④。

注释：

①不久归：指春天很快要过去了。
②百般：极尽；斗芳菲：争芳斗艳。
③杨花：指柳絮。
④惟解：只知道。

译文：

草木知道春天不久就要归去，极尽姹紫嫣红、争芳斗艳。柳絮和榆钱没有艳丽姿色，只知像雪花一样漫天飞舞。

园果

唐·王建

雨中梨果病①，
每树无数个。
小儿出入看，
一半鸟啄破。

注释：

①病：指不好了，坏了，破了。

译文：

雨中梨子不好了，每棵树上都坏了无数个。
小孩来来回回地跑去看，一半还被鸟啄坏了。

十五夜望月寄杜郎中①

唐·王建

中庭地白树栖鸦②，
冷露无声湿桂花。
今夜月明人尽望③，
不知秋思在谁家④。

注释：

①十五夜：中秋夜，农历八月十五的晚上。
②中庭：庭院中；地白：月光照在地上的样子。
③尽：都。
④秋思sì：秋天的情思，诗中指想念的思绪。

译文：

庭院地面雪白，树上栖息着乌鸦；冷冷秋露无声地打湿了桂花。今夜明月当空，人人都在望月；不知这秋日情思能落到谁家？

题都城南庄①

唐·崔护

去年今日此门中，
人面桃花相映红②。
人面不知何处去，
桃花依旧笑春风③。

注释：

①都：京都，指唐朝京城长安。
②人面：指女子的脸，也指女子。
③笑：形容桃花烂漫盛开的样子。

译文：

去年今天的这扇门里，女子的面容与桃花红艳相映。
现在女子不知哪里去了，只有桃花依旧怒放在春风中。

池上

唐·白居易

小娃撑小艇，
偷采白莲回。
不解藏踪迹①，
浮萍一道开②。

注释：

①踪迹：指被小艇划开的浮萍。
②浮萍：水生植物。

译文：

小孩撑着小船，偷偷采了白莲回来。
他不知道怎么掩藏踪迹，浮萍上留下一道被小船划过的痕迹。

大林寺桃花①

唐·白居易

人间四月芳菲尽②，
山寺桃花始盛开③。
长恨春归无觅处④，
不知转入此中来⑤。

注释：

①大林寺：位于庐山。
②人间：指庐山下的村落；尽：指花凋谢了。
③始：才，刚刚。
④长恨：常常惋惜；觅：寻找。
⑤不知：岂料，想不到；转：反；此中：这里面。

译文：

四月时山下的花已经凋落，山上寺中的桃花却才盛开。
常常惋惜春光流逝无处寻找，岂料它转到这里来了。

问刘十九

唐·白居易

绿蚁新醅酒①，
红泥小火炉。
晚来天欲雪②，
能饮一杯无③？

注释：

①绿蚁：新酿的米酒上浮着的绿色泡沫，像绿色的小蚂蚁；醅pēi：酿造。
②雪：下雪，作动词用。
③无：表示疑问的语气词，相当于“么”或“吗”。

译文：

淡绿的米酒酿好了，红泥小火炉烧旺了。
天色将晚就要下雪，能否来共饮一杯？

暮江吟①

唐·白居易

一道残阳铺水中②，
半江瑟瑟半江红③。
可怜九月初三夜④，
露似真珠月似弓⑤。

注释：

①暮江吟：傍晚时在江边作的诗。吟，古代诗歌的一种形式。
②残阳：夕阳，也指晚霞。
③瑟瑟：指碧绿色。
④可怜：可爱。
⑤真珠：珍珠。

译文：

一道残阳铺在江水中，半江碧绿半江艳红。
最可爱的是九月初三的夜里，露珠好似珍珠月亮好似弯弓。

忆江南

唐·白居易

江南好，风景旧曾谙①。
日出江花红胜火②，
春来江水绿如蓝③。
能不忆江南？

注释：

①谙ān：熟悉。

②红胜火：红得超过了火焰。

③绿如蓝：绿得要超过了蓝。如，有胜过的意思。蓝，蓝草，叶子能制青绿色染料。

译文：

江南非常美好，风景是旧日熟悉的。太阳从江面升起，把江边的野花照得比火还红，春天的江水绿得胜过了蓝草。怎能让人不怀念江南呢？

赋得古原草送别

唐·白居易

离离原上草①，
一岁一枯荣②。
野火烧不尽，
春风吹又生。

注释：

①离离：青草茂盛的样子。

②一岁：一年；枯：枯萎；荣，茂盛。这一句是指野草每年都会茂盛一次，枯萎一次。

译文：

原野上长满茂盛的青草，一年一岁枯萎后又复生。
野外大火烧不光它，春风一吹它又生机勃发。

江雪

唐·柳宗元

千山鸟飞绝①，
万径人踪灭②。
孤舟蓑笠翁③，
独钓寒江雪。

注释：

①千山：许多山；绝：无，没有。
②万径：许多路；人踪：人的脚印。
③蓑笠suō lì：用来防雨的草衣和竹帽。

译文：

群山中鸟都飞尽了，道路上人的踪迹都没了。
孤舟上一个披戴蓑笠的老人，独自在寒冷的江上钓鱼。

竹枝词

唐·刘禹锡

杨柳青青江水平，
闻郎江上踏歌声。
东边日出西边雨，
道是无晴却有晴①。

注释：

①晴：与“情”谐音，《全唐诗》中也写作“情”。

译文：

杨柳青青江水平阔，听到情郎江上的踏歌声。
东边出太阳西边下着雨，说是无晴却又有晴。

乌衣巷

唐·刘禹锡

朱雀桥边野草花①，
乌衣巷口夕阳斜②。
旧时王谢堂前燕③，
飞入寻常百姓家。

注释：

①朱雀桥：位于南京，桥边就是乌衣巷；花：开花，做动词用。
②乌衣：指燕子。
③王谢：晋代王导、谢安，指世家大族。

译文：

朱雀桥边长满野草野花，乌衣巷口夕阳斜照。
以前飞在世家大族堂前的燕子，现在飞入了普通百姓家。

望洞庭

唐·刘禹锡

湖光秋月两相和①，
潭面无风镜未磨②。
遥望洞庭山水翠，
白银盘里一青螺③。

注释：

①两：指湖光和秋月；和：和谐，指水色与月光交相辉映。
②镜未磨：指湖面无风，波平如镜。
③白银盘：形容湖水平静清澈；青螺：形容洞庭湖中的君山。

译文：

湖光和月光两两融和，湖面风平浪静像没有打磨的铜镜。
远望洞庭山水一片青翠，好似白色银盘里托着一颗小青螺。

悯农①

唐·李绅

锄禾日当午，
汗滴禾下土②。
谁知盘中餐，
粒粒皆辛苦。

注释：

①悯mǐn农：怜悯农民。
②禾：谷类植物；锄禾：给谷类锄草松土。

译文：

农民在中午烈日下锄草，汗水滴到禾苗下的土地上。有谁知道盘中的饭食，每一粒都是辛苦得来的。

小儿垂钓

唐·胡令能

蓬头稚子学垂纶①，
侧坐莓台草映身②。
路人借问遥招手③，
怕得鱼惊不应人④。

注释：

①蓬péng头：蓬乱头发，形容小孩可爱；稚子：幼小的孩子；垂纶lún：钓鱼，纶指丝线。
②莓méi：一种野草。
③借问：向人打听问路。
④应yìng：回应，答应，理睬。

译文：

头发蓬乱的小孩在学钓鱼；侧身坐在青苔上，杂草遮映着他。
路人向他问路，他远远地招着小手；害怕鱼被惊动不敢出声应答。

寻隐者不遇①

唐·贾岛

松下问童子②，
言师采药去③。
只在此山中，
云深不知处④。

注释：

①寻：寻访；隐者：隐士，指不肯做官而隐居在山林的人；不遇：没有遇到。
②童子：小孩，指隐者的弟子、学生。
③言：回答，说。
④云深：山上云雾缭绕；处：行踪，所在。

译文：

松树下我问小孩（师傅去哪了），小孩回答师傅采药去了。
就在这座山里，但云雾缭绕不知在哪处。

马诗

唐·李贺

大漠沙如雪，
燕山月似钩①。
何当金络脑②，
快走踏清秋③。

注释：

①钩：古代兵器。
②何当：什么时候；金络luò脑：金络头，黄金装饰的马笼头。
③踏：走，跑；清秋：清朗的秋天。

译文：

大漠沙粒如雪，燕山上弯月如钩。
什么时候能给我的马戴上金络头，奔驰在这清爽秋日。

清明①

唐·杜牧

清明时节雨纷纷，
路上行人欲断魂②。
借问酒家何处有③，
牧童遥指杏花村④。

注释：

①清明：二十四节气之一，古人有扫墓、踏青、插柳、荡秋千等风俗。
②行人：指游子；欲：要；断魂：形容伤感极深，好像灵魂都要与身体分开。
③借问：请问。
④杏花村：杏花深处的村庄，在今南京秦淮一带。

译文：

清明时节细雨纷纷飘落，路上的游子失魂落魄。
问当地人哪里有借酒消愁的酒铺，牧童远远地指向杏花深处的山村。

江南春

唐·杜牧

千里莺啼绿映红，
水村山郭酒旗风①。
南朝四百八十寺②，
多少楼台烟雨中③。

注释：

①郭：外城，诗中指城镇；酒旗：酒幌子。
②四百八十寺：虚数，指寺院很多。
③楼台：指寺院建筑。

译文：

一路上黄莺鸣叫，绿树红花掩映；水边村寨中，酒旗飘动。南朝留下很多古寺，无数楼台笼罩在烟雨中。

秋夕①

唐·杜牧

银烛秋光冷画屏，
轻罗小扇扑流萤②。
天阶夜色凉如水③，
卧看牵牛织女星。

注释：

①秋夕：秋天的夜晚。
②流萤：飞动的萤火虫。
③天阶：露天的石阶。

译文：

银色蜡烛在秋夜里清冷地照着画屏，拿着轻罗制成的小扇子扑打萤火虫。露天的石阶和夜色一样冰凉如水，静静坐着凝望天上的牛郎织女星。

山行①

唐·杜牧

远上寒山石径斜②，
白云生处有人家。
停车坐爱枫林晚③，
霜叶红于二月花④。

注释：

①山行：在山中行走。
②远上：向远处去；寒山：深秋季节的山；石径：石子小路。
③车：轿子；坐：因为；枫林晚：傍晚时的枫树林。
④霜叶：经霜的枫叶会变红；红于：比……更红。

译文：

沿着弯曲的小路上山，在白云深处看到居然还有人家。
停车下轿是因为喜爱这傍晚的枫林，经霜的枫叶比二月春花还红。

夜雨寄北①

唐·李商隐

君问归期未有期②，
巴山夜雨涨秋池③。
何当共剪西窗烛④，
却话巴山夜雨时⑤。

注释：

①寄北：写诗寄给北方的亲人。
②归期：回家的日期。
③巴山：泛指四川一带；秋池：秋天的池塘。
④何当：什么时候；共：一起。
⑤却话：回头说，追述。

译文：

你问我回家的日期，我却定不下来归期；巴山的夜雨涨满了秋天的池塘。什么时候才能在家中西窗下共剪烛花，再向你诉说今天在巴山夜雨中的思念。

乐游原①

唐·李商隐

向晚意不适②，
驱车登古原③。
夕阳无限好，
只是近黄昏④。

注释：

①乐游原：在今西安。
②向晚：傍晚；不适：不悦，不快。
③古原：指乐游原。
④近：快要。

译文：

傍晚时心情不好，驾车登上古原。
夕阳无限美好，只不过接近了黄昏。

嫦娥①

唐·李商隐

云母屏风烛影深②，
长河渐落晓星沉③。
嫦娥应悔偷灵药④，
碧海青天夜夜心⑤。

注释：

①嫦娥：神话中的月亮女神，神箭手后羿的妻子。
②深：暗淡。
③长河：银河；晓星：晨星。
④灵药：长生不死药。传说后羿有不死灵药，嫦娥偷吃后飞入月宫。
⑤夜夜心：每晚都会心情孤寂。

译文：

云母屏风上的烛影已经很深，银河渐渐黯落，晨星渐渐沉没。
嫦娥一定后悔偷吃了灵药，一个人面对着碧海青天夜夜孤独。

商山早行①

唐·温庭筠

晨起动征铎②，
客行悲故乡。
鸡声茅店月，
人迹板桥霜。

注释：

①商山：山名，在今陕西境内。
②动：震动；征铎duó：出行的铃铛。

译文：

黎明起来，车驾铃铛震动，发出声响；游子出行在外，心里思念故乡。鸡叫声从月下的茅草客店传出，人的足迹印在板桥的清霜上。

咏菊

唐·黄巢

待到秋来九月八①，
我花开后百花杀②。
冲天香阵透长安，
满城尽带黄金甲③。

注释：

①九月八：泛指秋天。
②杀：草木枯萎。
③黄金甲：形容菊花像金黄色铠甲。

译文：

等到秋天九月来临时，菊花开后别的花就凋零了。
冲天的香气透过京城长安，满城都是好像穿戴了黄金铠甲的菊花。

巴女谣

唐·于鹄hú

巴女骑牛唱竹枝①，
藕丝菱叶傍江时②。
不愁日暮还家错，
记得芭蕉出槿篱③。

注释：

①巴：今四川巴江一带；竹枝：竹枝词，指民歌。
②藕丝：指荷叶荷花；傍：靠近，邻近。
③槿jǐn篱：用木槿制成的篱笆。

译文：

一个巴地小女孩骑着牛，唱着竹枝词，沿着满是荷花菱叶的江岸回家去。不怕天晚找错家门，因为记得家门前有芭蕉伸出了木槿制成的篱笆。

山亭夏日

唐·高骈pián

绿树阴浓夏日长，
楼台倒影入池塘。
水精帘动微风起①，
满架蔷薇一院香。

注释：

①水精帘：水晶帘。

译文：

绿树布满浓荫，夏日天变长了；楼台的倒影映入池塘。
微风吹水，水纹像水晶帘摆动；满架蔷薇荡漾出一院子的香气。

蜂

唐·罗隐

不论平地与山尖①，
无限风光尽被占②。
采得百花成蜜后，
为谁辛苦为谁甜。

注释：

①山尖：山峰。
②无限风光：极其美好的风景；占：占有，占据。

译文：

无论在平原还是在山巅，美好的春光都被蜜蜂占据了。采集百花酿成蜂蜜后，不知道是为谁辛苦为谁甜。

天竺寺八月十五日夜桂子①

唐·皮日休

玉颗珊珊下月轮②，
殿前拾得露华新③。
至今不会天中事，
应是嫦娥掷与人。

注释：

①天竺寺：位于灵隐山；桂子：桂花。
②珊珊：轻盈、舒缓、美好的样子。
③露华新：桂花瓣带着露珠显得新润。

译文：

桂花像玉的颗粒一样，袅袅地掉下月亮；在殿前拾起来，花露湿润、新鲜。现在也不明白天上发生了什么事，桂花应该是嫦娥扔给世人的吧。

蜻蜓

唐·韩偓wò

碧玉眼睛云母翅①，
轻于粉蝶瘦于蜂。
坐来迎拂波光久，
岂是殷勤为蓼丛。

注释：

①云母：一种光泽流转的矿物，形容蜻蜓翅膀光彩美丽。

译文：

碧玉一样的眼睛，云母一样的翅膀；轻盈超过了粉蝶，苗条超过了蜜蜂。迎着水波之光坐了很久，岂是为蓼花丛献殷勤？（其实是在产卵）

雨晴

唐·王驾

雨前初见花间蕊，
雨后全无叶底花。
蜂蝶纷纷过墙去，
却疑春色在邻家。

译文：

雨前刚刚看到花朵的蕊，雨后连叶子底下也不见一朵花了。蜜蜂蝴蝶纷纷飞过墙去，怀疑春色跑到邻居家了。

未展芭蕉

唐·钱珝xǔ

冷烛无烟绿蜡干①，
芳心犹卷怯春寒。
一缄书札藏何事②，
会被东风暗拆看。

注释：

①冷烛、绿蜡：形容初生的芭蕉，叶子未曾展开，像绿色的蜡烛，但是不能点燃，不能生烟。

②缄jiān：量词，书信的封套；书札zhá：书信。

译文：

芭蕉像不能点燃生烟的冰冷绿蜡烛；蕉心还卷着，好像害怕春寒。
像一卷书信一样不知藏着什么心事，将会被春风暗暗拆开看。

诗

唐・捧剑仆①

青鸟衔葡萄，
飞上金井栏。
美人恐惊去，
不敢卷帘看。

注释：

①捧剑仆：唐代一位郭氏的仆人，痴迷于看水望云，遭到郭氏鞭打后，仍然不改其心，后来逃出郭家，不知去向。他写的诗非常清新，情意真切。

译文：

青鸟衔着一粒葡萄，飞上了金井栏。
美人担心把它惊飞，不敢卷起帘子看。

牧童

唐·吕岩

草铺横野六七里①，
笛弄晚风三四声②。
归来饱饭黄昏后，
不脱蓑衣卧月明③。

注释：

①横野：辽阔的原野。
②弄：逗弄，玩弄。
③蓑衣：用草或棕毛编成的雨衣；卧月明：躺着看明月。

译文：

野草铺在辽阔的原野上，好像六七里远；笛声缭绕着晚风传来三四声。黄昏后，牧童归来吃饱了饭，不脱蓑衣就躺在草地上看明月。

江上渔者①

宋·范仲淹

江上往来人，
但爱鲈鱼美②。
君看一叶舟③，
出没风波里④。

注释：

①渔者：捕鱼的人。
②但：只；爱：喜欢。
③君：你；一叶舟：像一片树叶似的小船。
④出没：若隐若现；风波：风浪。

译文：

江岸上来往的人，只喜爱鲈鱼的鲜美味道。
你看那树叶一样的小船，正飘摇不定地颠簸在大风大浪里。

淮中晚泊犊头①

宋·苏舜钦

春阴垂野草青青②，
时有幽花一树明③。
晚泊孤舟古祠下，
满川风雨看潮生④。

注释：

①淮huái：淮河；犊dú头：淮河边的一个村镇。
②春阴：春天的阴云。
③幽花：幽暗地方的野花。
④满川：满河。

译文：

春天的阴云垂在青青旷野；偶尔看见幽花，好像把一棵树照亮了。傍晚停泊小船在古祠堂下，看满河风雨、潮水涨起。

乡思

宋・李觏gòu

人言落日是天涯，
望极天涯不见家①。
已恨碧山相阻隔，
碧山还被暮云遮②。

注释：

①望极：望尽，极目远望。
②还：又。

译文：

人们说太阳落山的地方是天涯，我竭力望向天涯也看不见家。
正在恼恨青山阻隔了我的视线，却见青山又被傍晚的云遮住了。

山村咏怀

宋·邵雍

一去二三里①，
烟村四五家②。
亭台六七座，
八九十枝花。

注释：

①去：距离。
②烟村：被烟雾笼罩的山村。

译文：

一眼看去有二三里远，云烟笼罩着四五户人家。
村旁有六七座凉亭，盛开着许多鲜花。

北山

宋·王安石

北山输绿涨横陂①，
直堑回塘滟滟时②。
细数落花因坐久，
缓寻芳草得归迟。

注释：

①北山：今南京钟山；输绿：输送绿意；陂bēi：池塘。
②堑qiàn：沟渠；回塘：弯曲的池塘；滟滟yàn：形容春水在阳光下闪烁。

译文：

北山输送绿意给涨水的池塘；直直的水沟，曲折的池塘，闪烁着波光。
我细细地数着落花，坐了很久；之后慢慢地寻觅芳草，到家时已经很晚了。

书湖阴先生壁①

宋·王安石

茅檐长扫净无苔②，
花木成畦手自栽③。
一水护田将绿绕，
两山排闼送青来④。

注释：

①书：书写，题诗；湖阴先生：隐士，王安石在金陵时的邻居。
②茅檐：茅草房的屋檐，指庭院。
③畦qí：整齐的田地。
④排闼tà：推门闯入；送青来：送来绿色。

译文：

庭院经常打扫，干净得没有苔藓；花草树木整齐，是主人亲手栽种。一条小河将绿色的田地围绕，两座青山像推开门一样送来青绿山色。

梅花

宋・王安石

墙角数枝梅，
凌寒独自开①。
遥知不是雪，
为有暗香来②。

注释：

①凌寒：冒着严寒。
②为wèi：因为；暗香：幽香。

译文：

墙角的几枝梅花，冒着严寒独自盛开。
远看就知道不是雪，因为有幽香传来。

泊船瓜洲

宋·王安石

京口瓜洲一水间①，
钟山只隔数重山②。
春风又绿江南岸③，
明月何时照我还④？

注释：

①京口：古城名，在江苏境内；瓜洲：镇名，在今扬州一带；一水间：指一水相隔间，一水指长江。
②钟山：今南京紫金山。
③绿：吹绿，拂绿。
④还：回。

译文：

京口和瓜洲隔着一条长江，与我居住的钟山只隔着几座山。
春风又吹绿了江南的田野，明月什么时候才能照我回钟山呢？

元日①

宋·王安石

爆竹声中一岁除②，
春风送暖入屠苏③。
千门万户曈曈日④，
总把新桃换旧符⑤。

注释：

①元日：农历正月初一，春节。
②一岁除：一年已尽。除，逝去。
③屠tú苏：用屠苏草浸泡的酒。
④曈曈tóng：日出时明亮温暖的样子。
⑤桃：桃符，古人在春节时会在桃木板上写神灵的名字，然后挂在门旁，用以压邪。

译文：

爆竹声中一年已经过去，春风吹暖了屠苏酒。
千家万户迎着温暖明亮的太阳，把新桃符替换了旧桃符。

卜算子·送鲍浩然之浙东①

宋·王观

水是眼波横②，
山是眉峰聚③。
欲问行人去那边？
眉眼盈盈处④。
才始送春归⑤，
又送君归去。
若到江南赶上春，
千万和春住。

注释：

①鲍浩然：作者王观的朋友。
②眼波横：目光像水波流转。
③眉峰聚：眉毛蹙起。
④盈盈：美好的样子。
⑤才始：方才，刚刚。

译文：

水像美人眼波流转，山像美人眉毛蹙起。想问朋友去哪里？回答说去山水美好的地方。

刚刚送走春天，又要送你归去。如果你到江南赶上春天，千万要把春景留住。

六月二十七日望湖楼醉书①

宋·苏轼

黑云翻墨未遮山②，
白雨跳珠乱入船③。
卷地风来忽吹散，
望湖楼下水如天。

注释：

①望湖楼：位于杭州西湖；醉书：醉酒时写下的诗书。
②翻墨：打翻的黑墨水，形容乌云很黑。
③白雨：指雨点很大，显得白而透明；跳珠：跳动的水珠，形容雨点大，杂乱无序。

译文：

黑云翻滚如墨，没有遮住远山；白雨像跳珠一样乱窜进船。
卷地而来的风忽然吹散大雨，望湖楼下的水顿时清澈如天。

赠刘景文①

宋·苏轼

荷尽已无擎雨盖②，
菊残犹有傲霜枝③。
一年好景君须记④，
正是橙黄橘绿时⑤。

注释：

①刘景文：作者苏轼的好朋友。
②荷尽：荷花枯萎凋谢；擎：举，向上托；雨盖：比喻荷叶舒展的样子。
③残：菊花凋谢；犹：还，仍然；傲霜：不怕霜冻寒冷，坚强不屈。
④须：一定。
⑤橙黄橘绿时：橙子发黄、橘子将黄还绿时，指秋末冬初。

译文：

荷花凋谢连擎雨的荷叶也枯萎了，菊花凋谢却还有花枝傲寒斗霜。
一年中最好的景致你一定要记住，那就是橙子黄橘子绿的秋末冬初。

饮湖上初晴后雨①

宋·苏轼

水光潋滟晴方好②，
山色空蒙雨亦奇③。
欲把西湖比西子④，
淡妆浓抹总相宜⑤。

注释：

①饮湖上：在西湖的船上饮酒。
②潋滟：水波荡漾闪烁；方好：正好。
③空蒙：细雨迷离的样子；亦：也。
④欲：想要，可以，如果；西子：西施，春秋时越国美女。
⑤总相宜：总是很合适、自然。

译文：

西湖波光荡漾，在阳光下很美；山在迷离的烟雨中，也美得出奇。如果把西湖比成美人西施，那么无论是淡妆还是浓妆都非常迷人。

题西林壁①

宋·苏轼

横看成岭侧成峰②，
远近高低各不同。
不识庐山真面目③，
只缘身在此山中④。

注释：

①题西林壁：写在庐山西林寺的墙壁上。题，书写，题写。
②横看：从正面看；侧：侧面。
③真面目：真实的样子。
④缘：因为，由于。

译文：

从正面看，山岭连绵，从侧面看，山峰耸立；从远处近处高处低处看，各有不同的样子。
看不清庐山的真正模样，是因为自身就处在庐山中。

花影

宋·苏轼

重重叠叠上瑶台①，
几度呼童扫不开②。
刚被太阳收拾去③，
又教明月送将来④。

注释：

①重重叠叠：形容地上的花影一层又一层；瑶台：华贵的亭台。
②几度：几次。
③收拾去：指日落时花影消失，好像被太阳收拾走了。
④教：让；送将来：将是语气助词，意思是花影刚消失，明月一升起又显现了。

译文：

一层层的花影布满亭台，几次叫小僮去打扫都扫不走。
刚被落下的太阳收拾走，又被升起的月亮送来了。

帳中起舞時欲歸〻不得妾命不如花年〻麗
春色

古胥山樵項聖謨詩画

海棠

宋·苏轼

东风袅袅泛崇光①，
香雾空蒙月转廊。
只恐夜深花睡去②，
故烧高烛照红妆③。

注释：

①东风：春风；袅袅：微风吹拂的样子；崇光：高贵华美的光泽，指春光。
②花睡去：把海棠花比成美人春睡。
③故：于是；红妆：用美女比海棠。

译文：

春风袅袅泛着明媚的光，云雾迷蒙明月移过回廊。
只担心夜深了花朵会睡去，于是点燃高高的蜡烛照着它。

惠崇春江晚景①

宋·苏轼

竹外桃花三两枝，
春江水暖鸭先知。
蒌蒿满地芦芽短②，
正是河豚欲上时③。

注释：

①惠崇：著名僧人，画有《春江晚景》图。
②蒌蒿：草名；芦芽：芦苇的幼芽。
③上：指逆江而上。

译文：

竹林之外，桃花开了两三枝；春来江水变暖，鸭子最先知道。蒌蒿满地生长，芦笋也绽出小芽；正是河豚逆流而上的时候。

浣溪沙·游蕲水清泉寺①

宋·苏轼

山下兰芽短浸溪②，
松间沙路净无泥。
萧萧暮雨子规啼③。
谁道人生无再少④？
门前流水尚能西！
休将白发唱黄鸡⑤。

注释：

①蕲qí水：今湖北浠水县。
②短浸溪：初生的兰草浸在溪水中。
③子规：杜鹃鸟。
④无再少：不能回到少年时代。
⑤唱黄鸡：感叹时光流逝，人生不能长久。

译文：

山下的兰草短芽浸在溪水里，松树间的沙石小路被春雨冲洗得干净无泥。
潇潇晚雨中，杜鹃在啼叫。谁说人老了就不能回到年少时光？
门前的流水还能向西奔流，不要在老年时感叹光阴流逝。

游园不值①

宋·叶绍翁

应怜屐齿印苍苔②，
小扣柴扉久不开③。
春色满园关不住，
一枝红杏出墙来。

注释：

①值：遇到；不值：没有遇到。
②应：大概，猜测的意思；怜：怜惜，担心；屐jī齿：木底鞋的跟儿。
③小扣：轻轻地敲门；柴扉fēi：用木枝制成的门。

译文：

大概是园主人担心我的木屐踩坏青苔；我轻轻地敲柴门，许久也没人来开。满园的春色是关不住的，一枝红色杏花伸出墙头来。

行香子

宋·秦观

树绕村庄，水满陂塘①。
倚东风、豪兴徜徉②。
小园几许，收尽春光。
有桃花红，李花白，菜花黄。

远远围墙，隐隐茅堂。
飏青旗、流水桥旁③。
偶然乘兴、步过东冈④。
正莺儿啼，燕儿舞，蝶儿忙。

注释：

①陂bēi塘：池塘。
②徜徉cháng yáng：安闲自在地步行。
③飏yáng：飞扬，飘扬；青旗：青色的酒幌子。
④乘兴：趁着一时高兴。

译文：

绿树围绕村庄，春水溢满池塘；伴随东风，豪兴满怀地徜徉。
小园不大，却收尽春光；有红色桃花，白色李花，黄色菜花。
远远的围墙，隐约的茅草房；青色酒幌飞扬，小桥立在溪旁。
偶然乘着游兴，走过东面山冈；正看到莺鸟啼叫，燕子飞舞，蝴蝶匆忙。

春游湖①

宋·徐俯

双飞燕子几时回？
夹岸桃花蘸水开②。
春雨断桥人不度③，
小舟撑出柳阴来④。

注释：

①湖：指杭州西湖。
②夹岸：两岸；蘸zhàn水：贴着水，微微浸入水。
③断桥：指春天涨水，漫过桥面；度：走过。
④撑：撑船。

译文：

双双飞舞的燕子什么时候回来的？两岸的桃花贴着水开了。
春雨涨水淹没小桥，人不能过河；一只小船从柳荫下驶了出来。

夏日绝句

宋·李清照

生当作人杰①，
死亦为鬼雄②。
至今思项羽③，
不肯过江东④。

注释：

①人杰：人中豪杰。
②鬼雄：鬼中英雄。
③项羽：秦朝末年的起义将领，自立为西楚霸王。
④江东：项羽起兵的地方。项羽后来在争夺天下的大战中失败，不肯退回江东，悲烈自杀。

译文：

活着时应当做人中的豪杰，死了后也要做鬼中的英雄。
今天人们还怀念项羽，因为他宁可死也不退回江东，苟且偷生。

如梦令

宋·李清照

常记溪亭日暮①，
沉醉不知归路。
兴尽晚回舟②，
误入藕花深处③。
争渡，争渡④，
惊起一滩鸥鹭。

注释：

①常记：长久记忆；溪亭：临水的亭子。
②兴尽：尽了兴致。
③藕花：荷花。
④争：怎，怎么。

译文：

总记得那次在溪亭游玩到日落时分，沉迷景色忘记了回家的路。
尽兴后很晚才掉转船头回去，却误闯入了荷花深处。
怎么出去呢，怎么出去呢，惊起了一群鸥鹭。

如梦令

宋·李清照

昨夜雨疏风骤①，
浓睡不消残酒②。
试问卷帘人③，
却道海棠依旧。
知否，知否？
应是绿肥红瘦④。

注释：

①雨疏：雨点稀疏；风骤：风势急猛。
②浓睡：酣睡；残酒：没有消散的醉意。
③卷帘人：或指侍女。
④绿肥：绿叶丰茂；红瘦：红花凋零。

译文：

昨夜雨点稀疏，大风急猛，酣睡没能消除残存的醉意。
问卷帘的侍女海棠花怎么样了，她却说和昨天一样。
你可知道，你可知道，应该是绿叶丰茂红花凋零啊。

春日

宋·晁cháo冲之

阴阴溪曲绿交加①，
小雨翻萍上浅沙。
鹅鸭不知春去尽，
争随流水趁桃花②。

注释：

①阴阴：草木森森。
②趁：追逐。

译文：

草木森森，小溪弯曲，绿意交融；小雨打翻浮萍，翻起了细沙。鹅鸭不知道春天已经过去，还争相随着流水追赶落下的桃花。

绝句

宋·吴涛

游子春衫已试单①，
桃花飞尽野梅酸。
怪来一夜蛙声歇②，
又作东风十日寒③。

注释：

①游子：指离家在外的人；春衫：单薄的春装；试单：试着换上单衣。
②怪来：惊疑之意；歇：停。
③作：起。

译文：

游子试着换上单薄的春装；桃花已经落尽，野梅已经发酸。
奇怪的是有一夜蛙声突然停止了，又刮起了东风带来数日寒冷。

忆王孙·春词

宋·李重元

萋萋芳草忆王孙①，
柳外楼高空断魂。
杜宇声声不忍闻②。
欲黄昏，
雨打梨花深闭门。

注释：

①萋萋：形容春草茂盛；王孙：指游子、行人。
②杜宇：杜鹃鸟，鸣声凄厉。

译文：

茂密青草使我想起远去的人，柳边的高楼上白白地失魂落魄。杜鹃的叫声不忍去听。又要到黄昏时分了，雨滴打在梨花上，关上了深深的门。

窗下戏咏

宋·陆游

何处轻黄双小蝶，
翩翩与我共徘徊①。
绿阴芳草佳风月，
不是花时也解来。

注释：

①徘徊：在一个地方来回走。

译文：

从哪飞来的轻盈黄色小蝴蝶，翩翩飞舞与我一起徘徊。
等到绿荫芳草笼罩世界时，不是花开时节你也要来呀。

示儿①

宋·陆游

死去元知万事空②，
但悲不见九州同③。
王师北定中原日④，
家祭无忘告乃翁⑤。

注释：

①示儿：写给儿子看。
②元知：元通“原”，原本知道；万事空：什么都没有了。
③但：只是；九州：指中国；同：统一。
④王师：朝廷的军队；北定：北方叛乱平定；中原：被金人侵占的地区。
⑤家祭：祭祀家中先人；无忘：不要忘；乃翁：你的父亲，指陆游自己。

译文：

我原本知道死后一切都成空了，只是悲痛于看不见国家统一。
在朝廷军队收复中原失地的那一日，你们在家祭时不要忘记告诉我。

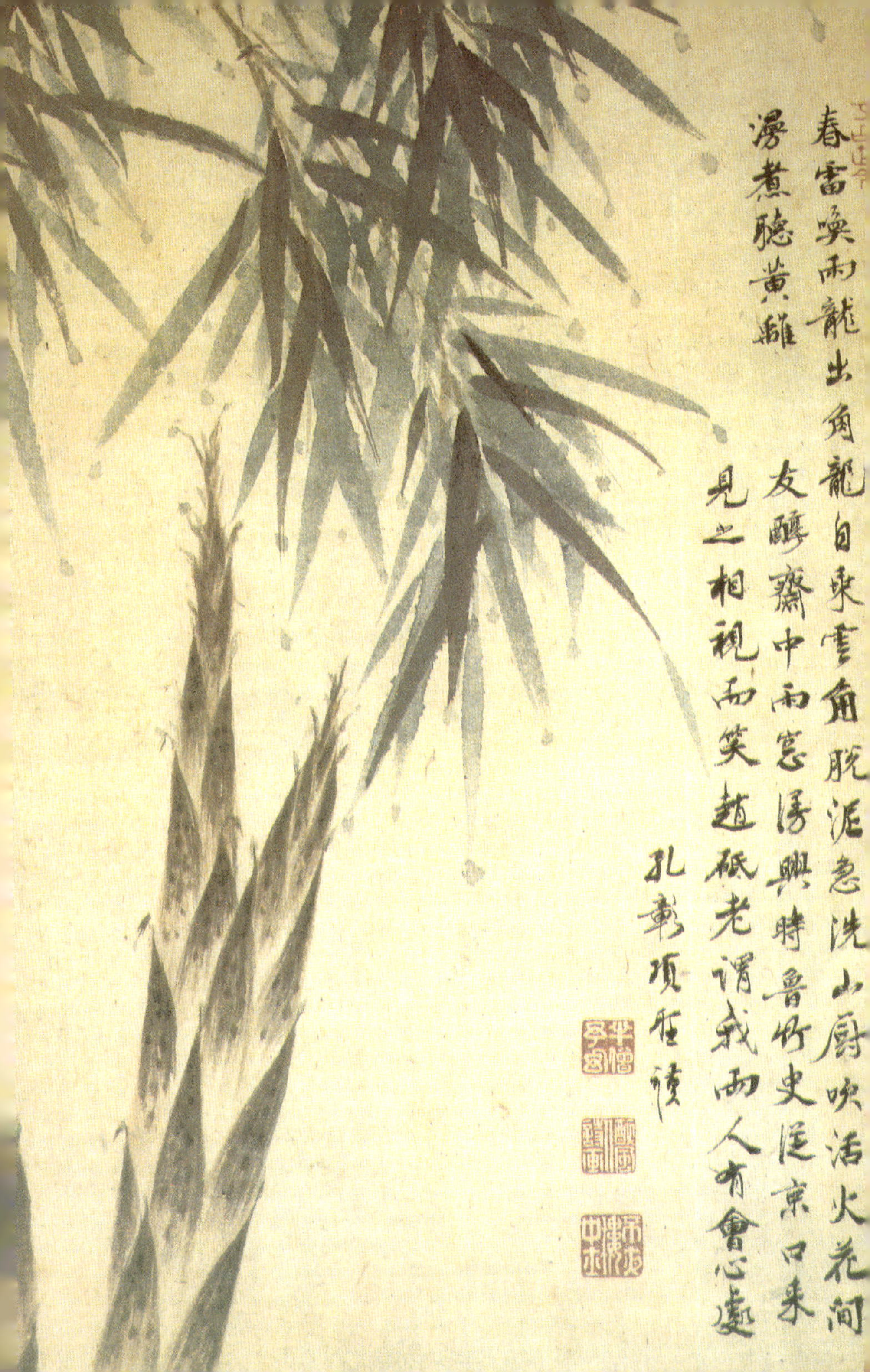
春雷喚雨龍出角龍自乘雲角脫泥急洗山廚吹活火花間
湧煮聽黃鸝
友醇齋中雨窓偶興時魯竹史從京口來
見之相視而笑趙秪老謂我兩人有會心處
孔彰項聖謨

秋夜将晓出篱门迎凉有感

宋·陆游

三万里河东入海①，
五千仞岳上摩天②。
遗民泪尽胡尘里③，
南望王师又一年④。

注释：

①三万里：形容黄河很长。
②五千仞rèn：形容华山很高；摩天：触近高天，摩指摩擦、接触或触摸。
③遗民：在被金人占领的地方生活的汉族人；胡尘：入侵金人的骑兵扬起的尘土。
④王师：宋朝的军队。

译文：

三万里黄河向东流入大海，五千仞华山直上青天。
中原人在胡人压迫下泪水流尽，向南翘望朝廷军队一年又一年。

卜算子·咏梅

宋·陆游

驿外断桥边①，
寂寞开无主②。
已是黄昏独自愁，
更著风和雨③。
无意苦争春④，
一任群芳妒⑤。
零落成泥碾作尘⑥，
只有香如故⑦。

注释：

①驿yì外：指荒僻、清冷之地；驿，驿站；断桥：残破的桥。
②无主：自生自灭，无人照管、观赏。
③更：又，再；著zhuó：同“着”，遭受，承受。
④苦：尽力，竭力；争春：与百花斗艳。
⑤一任：全任，听凭；群芳：群花。
⑥碾niǎn：轧烂，压碎；作尘：化作灰土。
⑦如故：不曾改变。

译文：

驿馆外断桥边，梅花寂寞孤独地开放。
已是黄昏时分，独自愁伤，又被凄风冷雨袭击。
无意去争艳，任凭百花嫉妒中伤。
飘零成泥土，碾压成尘埃，清香仍然留在世上。

梅花绝句

宋·陆游

闻道梅花坼晓风①，
雪堆遍满四山中。
何方可化身千亿②，
一树梅花一放翁③。

注释：

①坼chè：开放；晓风：晨风。
②何方：有什么办法。
③放翁：陆游号放翁。

译文：

听说梅花已经迎着晨风开放，一树树梅花就像一堆堆雪布满四周大山。
有什么办法可以把我的身体化为几千个几亿个呢，让每一树梅花前都有一个陆游。

游山西村

宋·陆游

莫笑农家腊酒浑①，
丰年留客足鸡豚②。
山重水复疑无路③，
柳暗花明又一村④。

注释：

①腊酒：腊月里酿的酒。
②足：足够，丰盛；豚tún：小猪，诗中指猪肉。
③山重水复：一座座山、一道道水的意思。
④柳暗花明：柳色深绿，花朵红艳。

译文：

别笑农家的腊酒浑浊；丰收的年头待客时，有丰盛的鸡肉猪肉。山水纵横令人担心无路可走，柳绿花红眼前忽然出现一个山村。

四时田园杂兴（其二）

宋・范成大

梅子金黄杏子肥，
麦花雪白菜花稀①。
日长篱落无人过，
惟有蜻蜓蛱蝶飞。

注释：

①麦花：荞麦花；菜花：油菜花。

译文：

梅子变得金黄，杏子长得饱满；荞麦花一片雪白，油菜花稀稀落落。白日变长，篱笆前无人经过；只有蜻蜓和蝴蝶飞来飞去。

闲居初夏午睡起

宋 · 杨万里

梅子留酸软齿牙①，
芭蕉分绿与窗纱②。
日长睡起无情思③，
闲看儿童捉柳花④。

注释：

①软齿牙：指梅子酸软了牙齿。
②芭蕉分绿：芭蕉的一部分绿色映照在纱窗上；与：给予。
③无情思：没有情绪，指无所适从，不知做什么好。
④柳花：柳絮。

译文：

梅子残留的酸酸倒了牙齿，芭蕉的绿荫映衬到窗纱上。
白日变长，午睡后起来，情绪无聊；闲着没事看孩子们捉柳絮玩。

小池

宋·杨万里

泉眼无声惜细流①，
树阴照水爱晴柔②。
小荷才露尖尖角③，
早有蜻蜓立上头。

注释：

①泉眼：泉水的出口；惜：吝惜。
②照水：映在水里；晴柔：晴天的柔和光影。
③尖尖角：刚出水、还没舒展的荷叶尖。

译文：

泉眼无声是因为舍不得细小的水流，树荫映在水上是因为喜爱晴天的轻柔。小荷叶刚从水面露出尖尖的角，就有蜻蜓立在了上头。

宿新市徐公店①

宋·杨万里

篱落疏疏小径深②，
树头花落未成阴。
儿童急走追黄蝶，
飞入菜花无处寻。

注释：

①宿：住宿；新市：地名；徐公店：姓徐的人开的酒店，公是对男子的尊称。

②篱落：篱笆；疏疏：稀稀落落的样子；一径深：一条小路很远很远。

译文：

稀稀落落的篱笆旁，一条小路伸向远方；树枝头的花朵已经凋落，新生出的叶却没有形成树荫。

孩子奔跑着追逐黄色蝴蝶，蝴蝶飞入菜花丛找不到了。

舟过安仁①

宋·杨万里

一叶渔船两小童，
收篙停棹坐船中②。
怪生无雨都张伞③，
不是遮头是使风④。

注释：

①安仁：县名。
②篙：撑船用的竹竿或木杆；棹：船桨。
③怪生：怪不得。
④使风：驾驭风，利用风。

译文：

一只渔船上有两个小孩；收了竹竿，停下船桨，坐在船中。
怪不得不下雨他们也都张伞；原来不是为了遮雨，而是想利用伞当帆让船前进。

晓出净慈寺送林子方

宋 · 杨万里

毕竟西湖六月中①，
风光不与四时同②。
接天莲叶无穷碧③，
映日荷花别样红④。

注释：

①毕竟：到底，终究。
②四时：春夏秋冬四个季节，诗中指六月以外的时节。
③无穷碧：一望无际的绿色。
④别样：特别，不一样。

译文：

终究是西湖的六月，风光不和其他时节一样。
连接天际的荷叶无边无际一片绿色，映照在日光下的荷花特别红艳。

悯农

宋·杨万里

稻云不雨不多黄，
荞麦空花早着霜。
已分忍饥度残岁，
更堪岁里闰添长①。

注释：

①更堪：相当于不堪、岂堪。

译文：

稻谷没有雨水滋养欠收了，荞麦空自开花早早挨了霜冻。
已经做好准备在接下来的时间里忍受饥荒，岂堪年里闰月又很长。

芗林五十咏·文杏坞

宋·杨万里

道白非真白，
言红不若红。
请君红白外①，
别眼看天工②。

注释：

①君：你。
②天工：天然形成的工巧。

译文：

说它白不是真的白，说它红又不像红。
请你在红白之外，欣赏天然的工巧。

春日

宋·朱熹

胜日寻芳泗水滨①，
无边光景一时新②。
等闲识得东风面③，
万紫千红总是春。

注释：

①胜日：晴日；寻芳：游春，踏青；泗水：山东的一条河；滨：水边。
②光景：风光风景。
③等闲：轻易，寻常，随便；东风：春风，春天。

译文：

晴朗天气游览在泗水边，无尽的风光焕然一新。
轻易就能辨别春风，万紫千红的花处处显现春意。

顏如龍胆花瓣牛郎抽毫借

[illegible]幾系東籬充神農之靈

立春偶成①

宋·张栻shì

律回岁晚冰霜少②，
春到人间草木知。
便觉眼前生意满③，
东风吹水绿参差④。

注释：

①立春：二十四节气之一；偶成：偶然有感写成的诗。
②律回：节律回生；岁晚：年终。
③生意：生机、生气。
④参差cēn cī：错落不齐，形容水面波纹起伏。

译文：

时近年终，冰霜减少；春回人间，草木最先知道。
只觉得眼前生机充满；东风吹来，水中绿波荡摇。

西江月·夜行黄沙道中①

宋·辛弃疾

明月别枝惊鹊②，
清风半夜鸣蝉。
稻花香里说丰年，
听取蛙声一片。

七八个星天外，
两三点雨山前。
旧时茅店社林边③，
路转溪桥忽见④。

注释：

①黄沙道：南宋的一条官道，在江西境内。
②别枝：斜枝。
③旧时：往日；茅店：茅草覆盖的乡村客店；社林：土地庙附近的树林。
④见：同“现”，显现，出现。

译文：

明月惊飞了斜枝上的喜鹊，清风吹来半夜的蝉鸣。
稻花香气中，人们谈论丰收年景，耳边听到一片蛙声。
天空闪烁的星星时隐时现，山前下起了点点小雨。
往日土地庙树林旁的茅屋小店呢？拐个弯，茅店忽然出现了。

菩萨蛮·书江西造口壁①

宋·辛弃疾

郁孤台下清江水②，
中间多少行人泪。
西北望长安③，
可怜无数山④。
青山遮不住，
毕竟东流去。
江晚正愁余⑤，
山深闻鹧鸪。

注释：

①造口：在江西境内。
②郁孤台：在江西贺兰山；清江：赣江与袁江合流处。
③长安：指宋朝都城汴京。
④无数山：很多座山。
⑤愁余：使我发愁。

译文：

郁孤台下的清江水，里边有多少行人的眼泪。我眺望西北方向的长安，可惜只看到无数青山。
青山却遮挡不住江水，江水终究还是向东流去。江边的傍晚我满怀愁绪，听到深山里传来鹧鸪的叫声。

鹧鸪天·代人赋

宋·辛弃疾

陌上柔条初破芽①，
东邻蚕种已生些②。
平冈细草鸣黄犊，
斜日寒林点暮鸦③。

山远近，路横斜④，
青旗沽酒有人家⑤。
城中桃李愁风雨，
春在溪头荠菜花。

注释：

①陌上：小路上；柔桑：柔弱的桑树；破：长出。
②生些：指孵出小蚕。些，语助词。
③暮鸦：傍晚归巢的乌鸦。
④山远近，路横斜：远处近处都有山，小路纵横交错。
⑤青旗：青布做的酒幌子；沽gū酒：买酒。

译文：

小路上，柔软的桑树枝长出了嫩芽；东边邻居家，蚕种已孵出小蚕。
山坡细草间，小黄牛哞哞叫；夕阳斜照着春寒中的树林和几只归巢的乌鸦。
青山远远近近，小路纵横交错；青布酒幌子处有酒可买。
城中桃花李花愁于风雨吹打，真正的春天尽在溪边的荠菜花。

雪梅

宋·卢梅坡

梅雪争春未肯降①，
骚人阁笔费评章②。
梅须逊雪三分白③，
雪却输梅一段香。

注释：

①降xiáng：服输。
②骚人：诗人；阁：同“搁”，放下；评章：评议文章，指评议梅与雪的高下。
③逊：差，不如。

译文：

梅花和雪花争夺春色，谁也不肯服输；诗人放下笔，难写评判文章。
因为梅花缺少雪花的三分洁白，雪花却输给梅花一段清香。

题临安邸①

宋 · 林升

山外青山楼外楼，
西湖歌舞几时休②？
暖风熏得游人醉③，
直把杭州作汴州④。

注释：

①临安：南宋都城，在今杭州；邸dǐ：旅店。
②几时休：什么时候停止。
③熏xūn：吹。
④直：简直；汴州：汴京，北宋的都城，在今河南开封。

译文：

山外还有青山，楼外还有楼阁；西湖上的歌舞几时才能停止？暖洋洋的香风吹得游人迷醉，简直把杭州当成了汴州。

江村晚眺

宋·戴复古

江头落日照平沙，
潮退渔船阁岸斜。
白鸟一双临水立，
见人惊起入芦花。

译文：

江边，落日笼罩沙滩；潮水退了，渔船斜斜地搁浅在岸边。
一对白色水鸟临水而立；一看见人就惊动起来，飞入了芦苇荡。

约客①

宋·赵师秀

黄梅时节家家雨②，
青草池塘处处蛙。
有约不来过夜半，
闲敲棋子落灯花③。

注释：

①约客：邀请客人来相会。
②黄梅时节：梅子变黄的江南五月，大都是阴雨绵绵的时候，被称为梅雨时节。
③灯花：灯芯燃尽结成花一样的余烬。

译文：

梅子黄时，江南家家户户都笼罩在烟雨中；长满青草的池塘到处都是蛙声。约好的客人还没来，时间已过半夜；我无聊地敲着棋子，看油灯落下的灯花。

乡村四月

宋·翁卷

绿遍山原白满川①，
子规声里雨如烟②。
乡村四月闲人少，
才了蚕桑又插田③。

注释：

①白满川：指稻田里的水色映着天光，一片白亮；川：平地。
②子规：杜鹃鸟。
③才了：刚刚结束；蚕桑：种桑养蚕。

译文：

草木绿遍山野，白亮的水色天光弥漫稻田；杜鹃啼叫，细雨如烟。乡村的四月没有闲人，刚刚结束蚕桑之事又要插秧了。

山行

宋·叶茵

青山不识我姓字①，
我亦不识青山名②。
飞来白鸟似相识，
对我对山三两声。

注释：

①不识：不知道。
②亦：也。

译文：

青山不知道我的姓名，我也不知道青山的名字。
飞来的白鸟好像认识我们，对着我和青山叫了两三声。

春思

宋·方岳

春风多可太忙生①，
长共花边柳外行②。
与燕作泥蜂酿蜜③，
才吹小雨又须晴④。

注释：

①忙生：忙的样子。生，语助词。
②长共：长时间一起，指始终如一地陪伴。
③与：替，帮助。
④须：要。

译文：

春风总是多多地许可别人，特别忙碌；它始终如一地在花朵、柳树身边围绕。（它使大地回暖）给燕子做窝的泥土，（它催开花朵）让蜜蜂采蜜酿蜜；刚吹来小雨（滋润万物），又要放晴（让阳光普照）。

秋日行村路

宋·乐雷发

儿童篱落带斜阳，
豆荚姜芽社肉香①。
一路稻花谁是主，
红蜻蛉伴绿螳螂②。

注释：

①社肉：社日时祭神的肉。
②蜻蛉líng：蜻蜓。

译文：

孩子们在篱笆边玩耍，映着夕阳；豆荚姜芽社肉的香味从屋里飘出来。一路上稻花盛开，不知谁是主人；只有红的蜻蜓伴着绿的螳螂。

绝句

宋·志南

古木阴中系短篷①，
杖藜扶我过桥东②。
沾衣欲湿杏花雨，
吹面不寒杨柳风。

注释：

①短篷：小船。

②杖藜lí：藜木制成的拐杖。

译文：

在古木的树荫下系好小船，拄着拐杖我走过桥头。

杏花细雨沾在衣上，似有湿意；杨柳春风迎面吹来，没有寒意。

天净沙·秋

元·白朴

孤村落日残霞①，
轻烟老树寒鸦②，
一点飞鸿影下③。
青山绿水，
白草红叶黄花④。

注释：

①残霞：快要消散的晚霞。
②寒鸦：天冷就要归林的乌鸦。
③飞鸿影下：雁影掠过。飞鸿指飞行的鸿雁。
④白草：牧草；红叶：枫叶；黄花：菊花。

译文：

孤寂的小村，太阳落下，晚霞消散；几缕轻烟，干枯老树，几点寒鸦；一只鸿雁掠过。
眼前是青色的山，绿色的水，枯白的野草，红色的枫叶，黄色的菊花。

墨梅①

元·王冕

吾家洗砚池头树②，
朵朵花开淡墨痕③。
不要人夸颜色好，
只留清气满乾坤④。

注释：

①墨梅：用水墨画的梅花。
②吾家：我家；洗砚池：洗笔洗砚的小水池；头 ：边上。
③淡墨：梅花像淡淡的墨迹化成的。
④满：弥漫；乾坤：天地间。

译文：

我家洗砚池边长着一棵梅树，朵朵梅花都像淡墨留下的痕迹。
不需要别人夸赞它颜色好，只要把清香充满天地间。

兰室五咏（其五·花）

元·张羽

能白更兼黄①，
无人亦自芳。
寸心原不大，
容得许多香。

注释：

①僩：并，一起。

译文：

白色花瓣连同黄色花蕊，无人欣赏也自己散发芬芳。
小小的心怀并不算大，却容纳了很多清香。

题龙阳县青草湖①

明 · 唐珙gǒng

西风吹老洞庭波，
一夜湘君白发多②。
醉后不知天在水③，
满船清梦压星河④。

注释：

①龙阳县：今湖南境内；青草湖：位于洞庭湖东南。
②湘君：湘水女神。
③天在水：天上的银河映在水中。
④满船清梦：躺在船上做着清梦。

译文：

秋风似乎吹老了洞庭湖水，一夜间湘水女神也多了白发。
醉后忘了银河倒映在水中，梦中以为自己躺在满是星星的天河上。

石灰吟①

明·于谦

千锤万凿出深山②，
烈火焚烧若等闲③。
粉骨碎身浑不怕④，
要留清白在人间。

注释：

①石灰吟yín：对石灰的吟颂。
②千、万：虚词，形容很多。
③若等闲：好像很平常。
④浑：全。

译文：

千万次锤打才能开采出深山，烈火焚烧只当成平常事。粉身碎骨也毫不惧怕，只要把清白留在人世间。

舟夜书所见

清·查慎行

月黑见渔灯，
孤光一点萤①。
微微风簇浪②，
散作满河星。

注释：

①孤光：孤零零的灯光。
②簇cù：拥起。

译文：

黑夜不见月亮，只见渔船上的灯光；孤独一点，好像萤火虫的微亮。微微的风使河水泛起波浪；灯光散在水面，好像满河都是星星。

长相思

清·纳兰性德

山一程，水一程①，
身向榆关那畔行②，
夜深千帐灯③。

风一更，雪一更④，
聒碎乡心梦不成⑤，
故园无此声。

注释：

①山一程，水一程：指山高水长，道路遥远。
②榆关：今山海关；那畔：山海关的另一边，指关外。
③千帐灯：形容军帐的灯火很多。
④更：古代一夜分五更，每更大约两小时。
⑤聒guō：声音嘈杂，诗中指风雪声。

译文：

跋山涉水一程又一程，一身向着山海关行进，夜深时千万个帐篷都点起了灯。风雪交加一更又一更，声音打碎思乡之心，无法入梦，在故乡就没有这种聒噪声。

竹石

清·郑燮xiè

咬定青山不放松，
立根原在破岩中①。
千磨万击还坚劲，
任尔东西南北风②。

注释：

①立根：扎根；破岩：有裂缝的山岩。
②任：任凭，无论，不管；尔：你。

译文：

咬紧青山不放松，原本扎根在石缝中。
千磨万击仍然保持坚劲，任凭你刮各个方向的风。

苔

清·袁枚

白日不到处，
青春恰自来。
苔花如米小，
也学牡丹开。

译文：

太阳照不到的地方，生命力反而自己勃发。
苔花像米粒那样微小，也学着牡丹一样盛开。

十二月十五夜

清·袁枚

沉沉更鼓急①，
渐渐人声绝②。
吹灯窗更明，
月照一天白③。

注释：

①更gēng鼓：打更用的鼓，用于报时。
②绝：消失。
③一天：满天。

译文：

沉沉的更鼓声一阵紧似一阵，渐渐地人声都平息了。
我吹灭油灯准备入睡，却发现窗子更明亮了；原来明月与大雪交相辉映，满天都是白色。

壬辰二月

所见①

清·袁枚

牧童骑黄牛②，
歌声振林樾③。
意欲捕鸣蝉④，
忽然闭口立。

注释：

①所见：诗人所看见的事物。
②牧童：放牧牛羊的小孩。
③振：振荡，回荡，反映牧童歌声响亮；林樾yuè：成荫的树林，樾指树荫。
④意欲：想要；鸣蝉：鸣叫的知了。

译文：

牧童骑在黄牛背上，歌声回荡在树林间。
想去捕捉鸣叫的知了，忽然一下子闭口站住了。

己亥杂诗（其五）①

清·龚自珍

浩荡离愁白日斜②，
吟鞭东指即天涯③。
落红不是无情物，
化作春泥更护花④。

注释：

①己亥jǐ hài：己亥年。
②浩荡离愁：无限的离别愁思。
③吟鞭：诗人的马鞭；东指：东方故乡；即：到；天涯：远离京城的地方。
④花：比喻国家。

译文：

无限的离别愁绪随着斜阳延伸，马鞭向东一挥就到了遥远的天涯。
落花并不是无情的东西，化成春天的泥土更能护持国家。

己亥杂诗

清·龚自珍

九州生气恃风雷①，
万马齐喑究可哀②。
我劝天公重抖擞③，
不拘一格降人才。

注释：

①九州：中国的别称之一；生气：生气勃勃；恃shì：依靠。
②喑yīn：沉默，无声。
③天公：造物主；抖擞：振作，奋发。

译文：

中国的生机要依靠风雷般的力量，众人全都沉默终究令人悲哀。我劝上天重新振作精神，不要拘泥一定规格以降下更多的人才。

村居①

清·高鼎

草长莺飞二月天，
拂堤杨柳醉春烟②。
儿童散学归来早③，
忙趁东风放纸鸢④。

注释：

①村居：在乡村居住。
②拂堤杨柳：像杨柳一样抚摸堤岸；醉：迷醉，陶醉；春烟：春天时，水泽草木间蒸发出的烟雾一样的水汽。
③散学：放学。
④纸鸢yuān：风筝，形状如老鹰。鸢，老鹰。

译文：

青草生长、黄莺飞舞的二月；垂到水堤上的杨柳好像迷蒙烟雾。
孩子们放学后急忙跑回家，借着东风放风筝。